銀河ホテルの居候

光り続ける灯台のように

ほしおさなえ

集英社文庫

CONTENTS

第1話
長い黄昏《たそがれ》
Twilight
7

第2話
光り続ける灯台のように
Vert Atlantide
107

第3話
軽井沢黄金伝説
GOLD
199

銀河ホテルの居候　光り続ける灯台のように

第1話　長い黄昏《たそがれ》　Twilight

1

運転手に手助けしてもらって、送迎バスを降りる。目の前のレンガ造りの建物を見たとき、なつかしさのあまり、不覚にも涙がこぼれそうになった。

ここを訪れたのは何年ぶりか。

妻の幸子《さちこ》の体調が悪くなったのは七年前。その前の年の秋口に来たのが最後だ。つまりもう八年前ということか。あのときは幸子がとなりにいて、今回の旅行でどこに行くかを話し合っていた。

あれがもう八年前とは。どうにも信じられない。八年間という月日のあいだ、自分が日々なにをしていたのか、どう暮らしていたのか、たしかにそれだけの時間が流れたはずなのに、思い出そうとしても記憶は砂のように指のあいだをすり抜け、落ちていく。

そうだ、長男のところの下の娘・安珠《あんじゅ》は、八年前は小学生だった。それが今年から、大学生になる。長女のところの娘たちはもうふたりとも大学を卒業した。

子どもだった孫たちはみんな大人になった。子どもたちはといえば、ふたりとも五十代になった。長女・美里《みさと》の夫も、長男・拓也《たくや》も会社ではそれなりの役職を得ている。子どもや孫のことを思えば、八年の月日が流れたのだとなんとなく実感できる。だが自分のことを考えると、とたんにあやふやになる。

もともと大学で教えていたから、七十歳までは常勤の教授、その後も七十五歳までは名誉教授としてときどき大学に行っていた。大学を去ったのが十年前。その後も学会の仕事はあったし、研究成果を本にまとめるという計画があったから、家で執筆する生活が続いた。

そうこうするうちに幸子の具合が悪くなった。

少しずつ会話にすれちがいを感じるようになり、買い物がうまくできなくなり、おかしいと思って病院に連れていくと認知症だった。変化は少しずつだったが、前にできていたことがだんだんできなくなり、子どもたちの顔もわからなくなった。

勝手に家を出て迷子になるようなことが続いて、子どもたちからは施設に入れることを考えた方が良いのでは、と言われた。だが、わたしはそれを拒んだ。

そのころには多くのことが思い出せず、行動もおぼつかないものになっていたが、顔を見るとむかしの幸子なのだ。以前よりにこにこ微笑《ほほえ》んでいることが増えて、しあわせそうに見えた。そんな幸子と離れることが嫌だった。

そしてもうひとつ、幸子に忘れられてしまうことが怖かった。子どものことも孫のこともだれだかわからなくなっていたが、毎日いっしょにいるわたしのことだけはまだわかっているように見えた。夫だと認識しているのかはわからない。でも、知ってる人だとは思っているようで、わたしには気を許しているように見えた。

だが、もし施設に入れてしまったら。毎日面会に行くとしても、顔を合わせる時間はいまよりずっと少なくなる。そうしたらわたしのことも忘れてしまうかもしれない。それが怖かった。

子どもたちは、家で面倒を見るなんて無理だ、仕方のないことなんだし、介護に慣れない父さんが世話をするより、専門家にまかせた方が母さんにとってもいいんじゃないか、と言った。

幸子のため。そう言われると心が揺らいだが、結局ヘルパーを雇ったり、訪問看護師に来てもらったりしながら、家で介護を続けた。四六時中なにか起こり、執筆は滞った。介護自体にかかる時間というより、幸子の状態を見ていると、研究などどうでもいいのではないか、という気持ちになり、筆が進まなかったのだ。

人とは、心とは結局なんなのだろう。心を形作っているのは記憶だとずっと信じていた。だとしたら、だんだんに記憶を失っていく幸子は、心も失っていっているのだろうか。幸子ではなくなっていっているということなのか。

幸子の話はめちゃくちゃで、筋など通っていない。笑みを浮かべているように見えるが、以前の幸子の笑顔とはちがう。むかしの幸子とは別人と言ってもいい。それでもしずかにうれしそうに笑っているのを見ると、幸子だ、と思う。

幸子がなにを考え、なにを感じているのか、わからないなりにおだやかで楽しい時間もあり、しあわせだと感じることもあった。それでも、ときおり、以前の幸子に無性に会いたくなる。お前だったらこういうときどうする、と相談したくなる。

幸子はだんだん身体《からだ》の方も衰えていき、一昨年の五月に亡くなった。苦しみから解放されてほっとしたような、空っぽになってしまったような気持ちで、自分は果たしてじゅうぶんなことができたのか、と自責の念にかられたりもした。

しばらくはなにも手につかなかったが、後輩や編集者から励まされ、中途になっていた本の執筆を再開した。自分がすべきことはもうそれくらいしかないと覚悟を決めたのだ。

しかし、年のせいもあって、執筆はなかなか進まなかった。若いころのような頭のキレがない。以前ならどこにあるかすぐに思い出せた資料の在処《ありか》がわからない。なにより書き続ける体力がない。書いているうちにいまさらこんな本を出してだれが読むのか、という気持ちにもなった。

後輩や編集者は、そんなことはありません、学問というのは目先のことのためではなく、学問の歴史に寄与するためのもの、滝田《たきた》先生自身、何度もそうおっしゃっていたじゃないですか、と主張する。たしかに言った。その言葉を信じていたときもあった。

だが、もうそれすら信じられなくなっていた。わたしの専門は日本の近現代文学だ。いまはどこの大学でも文学部は縮小気味で、日本文学科もどんどん少なくなっている。文学を学ぶということが時流に沿わなくなってきている気がした。

美里は文系の大学出身。大学を出て一時は企業に勤めていたが、結婚後は退職した。つれあいは大手企業の重役で、学問とは無縁の道だ。その子どもたちもみな会社勤め。拓也は工学系に進み、その子どもたちふたりも同じく工学系に進んだ。長男は人工知能、いわゆるＡＩの開発に携わり、長女も工学部に入学が決まった。

我が家に文学の道に進んだ者はひとりもいない。世間から見たらそれがふつうだし、あたりまえなんだと思う。

もう文学なんて必要ないのかもしれない。息子や孫たちの会話を聞いているといつもそう思う。文学を好む人が少なくなったというだけではない。人間の考え方の質が大きく変わってしまったんじゃないかと感じるのだ。

わたしたちの世代は、人の心を理解するのに文学が有効だと考えていた。文学で表現される人間の内面に自分たちの内面を重ねることができたからだ。だが息子や孫を見ていると、文学よりもＡＩやプログラムのようなものをモデルに人間をとらえているように見える。

若いころは子どもにもっと本を読め、と諭した。だが、孫にはもうそんなことを言う気にならなかった。彼らは人間を、現実を、もっとちがう方法でとらえている。

もう文学の時代じゃないのかもしれない。

文学ではよく「行間を読む」と言う。だが、そのうち、読み取れる人と読み取れない人がいるような文章は、不正確な表現として排除されていくのかもしれない。文章はだれにでも同じように伝わるものでなければならない、そうでない文章は読み取れない人への配慮が足りない悪《あ》しき例とされていくのかもしれない。

近現代文学に根付いた思想にも、現代の常識に照らせば政治的に不適切な部分があり、深い洞察や文章のうつくしさがあろうとも、それを甘受することはできない。近世以前はまだむかしのこととして受け入れられるが、わたしの専門であるところの近現代文学はいずれ共感できない野蛮なものとして捨て去られるのかもしれない。

なくなることなんてありえない、と主張する人もいる。文学はその時代を映すものだから、少なくとも研究対象として重要だ、と。でも、人の心をとらえるものとして機能しなくなったのなら一般の人には意味がない、専門家の研究対象としての価値しかなくなったら、存在意義がなくなってしまうのではないか、とどうしても思ってしまう。

文学を大事なものと主張できる人は、まわりにも自分と同じ考え方の人がたくさんいて、子や孫のなかにもその考えを受け継ぐ人がいるんだろう。他方、わたしは、といえば、わたしのやってきたことに意味があると思っている親族はもうひとりもいない。

幸子は本が好きだった。その幸子も、病気になってからは本を読めなくなった。読めるわけでもないのにときどき本を手に取ってうれしそうになでていて、本が好きだったころのことをなんとなく覚えているのかもしれない、と思った。

虚《むな》しさを感じながらも、わたしは本の執筆を続けた。なにしろ、もうそれよりほかにすることがなかったから。日々挫《くじ》けそうになりながら、毎朝七時に起きて自分で作った朝食をとり、机に向かった。昼まで調べものや執筆を続け、昼になったらまたひとりで食事をとる。疲れ切ってしまい、午睡をとってからまた執筆し、夕食をとって眠る。

そうやって規則正しい生活を送ることで、なんとか精神の安定を得ていたのかもしれない。介護生活が長かったから、料理はもちろん自分でできる。複雑なものは作れない。

だが年齢のせいか、もうあまり凝ったものを食べたいとも思わなくなった。

本を書いているあいだは時間が止まる。文献と戯れ、ときどきは若い時分の思考の冴《さ》えを取り戻し、気持ちが高揚する。そういうときはあまり食事もとらず、原稿に向き合った。

──また竜宮城《りゅうぐうじょう》に行ってたのね。

若いころの幸子の声が頭の奥の方で響く。研究に没頭し、長時間書斎にこもっているわたしに、幸子はよくそう言った。研究さえしていればいいと思っていた自分が幸子にとっていい夫であったとは思えない。幸子の介護に追われるようになってからは竜宮城に行くこともなくなり、そんなことにうつつを抜かしていた自分が子どもじみて思えた。

人生の最後にもう一度仕事に向かい、何度か竜宮城に行くこともできた。それでも、書いてなんになる、という思いからは逃れられなかった。

そうして今年の秋、ようやく執筆を終え、原稿を編集者に渡した。学術書の編集には時間がかかる。同業者数人に校閲・校訂を頼んだが、それがまた遅々として進まない。それが手元に戻ったら、自分でもまた修正をおこなう。いつまでかかるかわからない。果たして、自分が生きているうちに本になるのか。できたとしてもだれが読むのか。そう考えると情けない気持ちになって、もうできあがらなくてもいいんじゃないか、という気さえしてくる。

とにかくなあ、幸子。仕事は終わったんだ。

心のなかで、幸子に語りかける。

お前との約束を果たすために、もう一度このホテルにやってきたよ。

幸子がしあわせだったのか、よくわからない。きっとわたしに言いたいことがたくさんあったんだろう、とも思う。それでも目の前のホテルを見ると、幸子の笑顔が頭に浮かび、幸子とともに暮らした日々のあたたかさが胸にあふれてくる。

それもすべてわたしの自分勝手な幻想だったのかもしれないけれど。

いまさらどうにかなることではないと思いながら、ひとり、ホテルの入口に歩みを進めた。

四月になったとはいえ、軽井沢《かるいざわ》はまだまだ寒い。建物にはいると、そのあたたかさにほっと気持ちがゆるんだ。館内を見まわすと、なつかしい情景が浮かんで胸がいっぱいになる。

暖炉のあるラウンジ。そういえば、クリスマスシーズンにはいつもあのラウンジにクリスマスツリーが立っていた。夜になるとツリーに小さな光がまたたく。幸子はそれをながめるのが好きで、ラウンジのソファに座って、長いことツリーをながめていた。

かつてはクリスマスの前後数日、あのラウンジで俳優のひとり芝居がおこなわれていた。幸子が好きな俳優で、その芝居を観《み》るためにわざわざクリスマスイブに泊まりに来たこともあった。しずかな音楽と、朗々とした俳優の声。ワインを飲みながら観る芝居は格別で、いまでも深く記憶に残っている。

ロビーの深い紺色の壁。磨きあげられた木のカウンター。なにもかもむかしのままだ。一瞬、あのクリスマスイブから長い月日が経《た》ったことが信じられなくなった。

フロントに進むと、女性のあかるい笑顔にむかえられた。

「いらっしゃいませ、滝田さま」

髪をすっきりと結いあげた女性が微笑んでいる。形の良いおでこと、愛嬌《あいきょう》のある笑み。見覚えのある顔だった。

「ああ、あなたは……」

以前に何度もフロントでお世話になった女性スタッフだ。彼女が入社したばかりのころから何度も顔を合わせている。だが、名前がすぐ出てこない。胸の名札に「三枝《さえぐさ》」とあるのを見て、そうだった、と思い出した。

「はい、三枝です」

彼女はにっこりと微笑み、深く頭をさげた。前にここに来てから八年も経っているのに、外見はあまり変わらない。いや、むしろ若々しくなった気さえする。前回はまだお子さんが小さくて時短勤務だと話していた記憶があった。

「お子さんたちはお元気ですか」

「はい、上の子はもう高校生、下ももうすぐ高校にあがります」

彼女は恥ずかしそうに笑った。

「ええっ、もうそんなに？」

そのときはたしかふたりとも小学生だと言っていた。でも、八年も経ったのだ。自分の孫の成長は認識していても、長いこと会っていなかった人にそう言われると面食らう。

あたりまえのことだが、わたしが来なかったあいだにこのホテルにも時間が流れていたのだと気づいた。

「早いですね」

ふう、と息をついて、微笑む。

「はい。子どもたちが幼かったころは日々時間に追われて、永遠にこのあわただしい時間が続くんじゃないかと思っていたんですが。子どもたちが小学校にはいったあたりからどんどん時間が経つのが早くなって、いまは一年が過ぎるのがあっという間です」

ほかにチェックインの客がいないからだろう。三枝さんはゆったりとそう言った。若返ったように見えるのは、子育てが落ち着いて少し自分の時間を持てるようになったからかもしれないと思い至った。

入社当時ははつらつとしていた。妻が、きらきらした目がかわいらしいわね、と言っていたのを思い出す。出産して時短勤務になってからは姿を見かけない日もあったが、顔を合わせれば笑顔で話しかけてくれた。

変化していないようで、前と同じではない。きらきらした目や形の良いおでこはむかしのままだが、表情が落ち着いて、丸く、やわらかくなった。

「時間というのは不思議なものですね。同じ時を過ごしても長く感じたり、短く感じたり。そのときは長く感じても、あとで思い出すと一瞬のことのように思えたり」

苦笑いしながらそう言った。

「そうですね」

三枝さんはしずかに微笑み、うなずいた。

その笑みを見て、不思議に思った。彼女はなぜ幸子がいないのか訊《き》いてこない。彼女とはここに来るたびに顔を合わせているが、いつだって幸子の方が長く彼女と話していた。わたしを覚えていて、幸子を忘れるなんてことがあるはずがない。

察しているのか。

幸子が亡くなったと察しているか、そういう可能性もあるとわかっている。客商売だから気を遣って訊いてこないのだ。三枝さんという人の思いが伝わってくるようで、胸が詰まる。ここはわたしから伝えるしかないのだな、と思った。

「今回はひとりで来たんです。幸子は……。妻は、一昨年亡くなりまして」

一呼吸して、そう言った。

「そうでしたか」

やはり予想していたのだろう、三枝さんは落ち着いた口調で答える。

「さびしいですね。わたしもお目にかかれず、残念です。新米だったころからお世話になって、幸子さんにはいつもよくしていただきましたから」

「長患いでした。八年前ここに来たあとも、また来年も銀河ホテルに行きたい、と言っていたんですが」

そこまで言って、一息つく。認知症のことは言わずにおくことにした。

幸子が死んで、もうすぐ二年。子どもたちと、五月になったら身内だけで三回忌をしようと相談している。それだけの月日が経って、幸子の不在にも慣れた。悲しみが薄らいだとは言わないが、いないことには慣れた。幸子が死んだと人に伝えることにも。だが、この場所だからだろうか。さびしさがこみあげてくる。

階段から幸子がひょっこり顔を出してくる気がした。むかしのままの幸子が。

「でも、今日は奥さまのためにお越しくださったんですよね」

三枝さんの声にはっとして、我にかえった。

「妻のため……？」

ぽかんとして訊き返す。

「ええ、奥さまとの思い出の場所にいらしたのは、奥さまのことを大切に思っていらっしゃるからでしょう。思い出のためにわざわざひとりでいらっしゃった。素敵なことだと思います」

三枝さんのきらきらした瞳に、胸がざわついた。

「いえいえ、そんなことはないんですよ。自分はそんなにいい夫ではなかった。でも、今日はそうですね、幸子のために来たのはたしかにその通りです。幸子との約束を果たすため、と言いますか……」

「約束？」

三枝さんが首をかしげる。

「いえ、なんでもないんです」

ごまかし笑いを浮かべると、三枝さんはそれ以上はなにも訊いてこなかった。

「では、こちらが鍵でございます。お手伝いできることがありましたら、なんでもお気軽にお申しつけください。良い滞在になりますよう」

三枝さんがそう言ってカードキーを差し出す。

こういう鍵になったのはいつのことだっけ。最初に来たときは金属のふつうの鍵だった。それも遠いむかしの話だ。

「ありがとう。幸子を覚えている人と話せて、うれしかったです」

わたしは鍵を受け取って、階段に向かった。

2

カードキーをタッチして、扉を開ける。ひとりだったが、銀河ホテルにシングルはないから、いつも通りツインの部屋を取った。淡いブルーの壁の落ち着いた部屋だ。以前にも何度か泊まったことがあるような気がした。

幸子は銀河ホテルに泊まるのを毎回とても楽しみにしていた。ホテルの内装や調度品に興味を持ち、部屋にはいるたびに、今回は何色の壁だね、とか、この部屋は前に泊まったことがあるね、などと言っていた。

わたしは、といえば、幸子に言われるまでは部屋の家具のちがいにまったく気づかなかった。部屋ごとに壁の色がちがうのも、幸子に言われてはじめて気づいた。いや、気づいてはいたんだと思う。ただ、取り立てて関心を持っていなかった。もちろん、前に泊まった部屋の壁が何色だったかなんて覚えていない。それを幸子はすべて覚えていた。

銀河ホテルにはもう何十年も前から何度も泊まっている。

最初に利用したのは大学生のときだった。わたしの所属していたゼミの夏の合宿はいつも、ゼミの指導教授の常宿である銀河ホテルと決まっていた。夏といっても大学生の特権を生かし、いつも日取りは九月の平日。教授が常連だし、毎年利用していることもあって、その時期なら宿泊料を少し安くしてもらえたのだ。

わたしの指導教授は大杉《おおすぎ》孝《たかし》という。実は、幸子とは大杉教授の紹介で出会った。

幸子は教授の知人の、わりといい家の娘だったから、女子短大を出たあとも外で働くことはなく、家事を手伝っていた。短大では家政学が専門だったそうだが、文学系の研究者だった親の影響か、子どものころからよく本を読んでいた。

本と言っても、彼女が好きなのはミステリーだった。コナン・ドイルやアガサ・クリスティ、エラリー・クイーンのような翻訳物のミステリーをよく読んでいた。映画を観るのも好きだった。ミステリーに関してはわたしよりずっとくわしく、話していて楽しかった。それで知り合って間もなく結婚を決めたのだ。

新婚旅行も軽井沢で、銀河ホテルに泊まった。幸子は目を輝かせながらホテルの建物のなかからイングリッシュガーデンまで、くまなく探索していた。好奇心旺盛で、少女のような人だったのだ。

その後も、毎年夏になるとふたりで銀河ホテルに泊まった。子どもが生まれてからしばらくは旅行もままならなかったが、子どもが小学校にあがったあたりから、また毎年夏休みに家族で銀河ホテルに泊まるようになった。

そのころには大学を退職した大杉教授が軽井沢の近くに居をかまえたので、軽井沢に来たときは幸子と子どもたちを連れて、教授の家まで足をのばした。別荘地に建てた山小屋風の家で、広々としていた。軽井沢に越してから料理に目覚めたと言って、庭でバーベキューをしたり、ブイヤベースだのローストチキンだの、見栄えのする凝った料理をふるまってくれたりもした。

やがて子どもたちもひとりだちして、わたしたちはまたふたりだけで銀河ホテルに来るようになった。わたしも以前のように会議に追われることもなくなり、時間があるから海外でも行こうか、と誘ってみたが、幸子はあまりいい顔をしなかった。

わたしの方はそれまでに何度も仕事仲間と海外旅行に出たことがあったから、子どものために海外に出られなかった幸子を労《ねぎら》いたい気持ちもあったのだが、慣れない場所に行くより軽井沢の方がいいのだ、と言う。

翻訳物が好きな幸子は、海外に憧れていたはずだ。若いころは、行ってみたいところ、見てみたいものについてよく語り合った。パリやニューヨークの街、ピラミッドやナイアガラの滝、サバンナ、氷河、オーロラ、テレビにそうした風景が映るたび、幸子は、行ってみたいわねえ、と目を輝かせていた。

それで、下の子が高校を卒業したあと、子どもの友だちの母親同士で積み立てたお金でロンドンに行ってきたのだが、帰ってきて、たしかに博物館や建物は素晴らしかったけれど、自分はしずかな軽井沢の方が落ち着く、と言った。

この年になると、残りの日々が少ないことがわかる。その残り少ない日々をどう使うかと考えたとき、あたらしい場所への冒険よりもこれまで大事にしてきたものの方を選びたくなるのかもしれない。

結局のところ、軽井沢に来てみればそこにはたくさんの思い出が詰まっていて、いまの自分たちにとってそれを嚙《か》み締めること以上の喜びはないのかもしれない、と思った。

そうやって積み重ねてきたものが、いまもここにある。幸子はもういないのに。

幸子は少しずついろいろなことに関心を失っていったが（というより、それがなにかわからなくなっていたのかもしれない）、リビングの棚に飾ってある銀河ホテルの写真だけは、くりかえしながめていた。

八年前、最後に銀河ホテルに泊まったとき、ホテルの前でたまたま居合わせた知らない客に撮ってもらったものだ。その人の写真の腕がよかったのか、光の具合か、たまたまの偶然なのか、ふたりともすごく良く撮れていた。それで幸子がわざわざプリントショップで大きなサイズに引き伸ばしてもらい、写真立てに入れて飾っていた。

——ずいぶんと気に入ったんだね。

——だって、こんなにきれいに撮れたのははじめてなんだもの。いつも目をつむっているか、むすっとしているか、笑っててもぎこちなかったりで。

幸子が苦笑いした。たしかに幸子は写真を撮られるのが下手だった。だれに撮られても、いつもの幸子らしい表情にならない。自分でもそれが嫌で、ずっと写真に撮られることを嫌っていた。それがその写真の幸子はほんとうに自然な笑顔だったのだ。

——もう、これを遺影にしようかな。

幸子はそう言って、まじまじと写真を見た。

——遺影？　さすがにそれはまだ早いだろう。

わたしは笑いながら言った。そのころはまだふたりとも七十代だった。しかし、決して早くないということは、自分でも良くわかっていた。六十代になってから、ぽつんぽつんと友人や同僚で亡くなる人があらわれた。七十代になるとさらに増えた。

とはいえ、幸子はわたしより三つ下だし、女性の方が平均寿命が長い。だからそのときのわたしは幸子が死ぬなんてことは考えてもいなかったのだ。

——でもね、この前雑誌に書いてあったのよ。亡くなったあとってばたばたしてるから、遺影に適当なものが選ばれちゃうことが多いんだ、って。だから最近は、早めに写真館で撮る人もいるみたい。家族にこれを遺影にして、って言っとけば安心でしょ？

——安心、って……。自分の葬式は自分では見られないだろう？

わたしは笑ってそう返した。

——そうだけど……。でも、変な写真を飾られるのは嫌だもの。

そういえば、ほかでもそういう話を聞いたことがあったな、と思った。それは子どもの立場からの話で、親が生きているうちにどの写真を遺影に使うかそれとなく訊いておいた方がいい、病気になったり弱ってきてから訊くのは本人にとって精神的な負担があるから、そういうことは元気なうちの方がいい、とかなんとか。

そんなことまで考えなければならないとは大儀なことだ、と思ったけれど、たしかに自分の両親の葬式のときも、どれを遺影に使うか困った記憶がある。やはりその場になってみれば、どれでもいい、というわけにはいかないのだ。

遺族だってできるだけいい写真を使いたい。でも、その「いい」の基準は人によってちがう。もめることもあるだろう。でも、本人が決めたことならみんなそれで納得する。

だが、そのころのわたしは、幸子が死ぬのはわたしが死んだあとだと思いこんでいたんだろう。自分が死んでも幸子がお金に困らないようにしないと、と考えたことはあったが、自分が幸子の葬式を準備するなんてことは想像もしていなかった。

――まあ、わかったよ。でも、平均寿命を考えると、わたしの方が先に死ぬと思うよ。そうだな、そうしたら、わたしも遺影はこの写真で頼むよ。

わたしはそう答えた。わたしは写真うつりで悩んだことなどなかったが、これが悪い写真でないことはたしかだった。わたしの方もいつになく朗らかな顔で、息子や孫にも、ふたりともいい表情だね、と褒められていたから。

――そうだね、こうやってふたりで決めとけば安心だよね。

幸子はうれしそうに笑って、写真をじっと見つめた。

思えば、あのとき幸子はなんであんな話をしたんだろう。虫の知らせのようなものがあったのか。それとも、どこかで自分の変調を察していたのだろうか。

ともかく、幸子は銀河ホテルの前で撮ったその写真をいたく気に入って、認知症になってからもしばらくそれだけはよくながめていた。

だから、銀河ホテルのことはこれからもずっと覚えているのかもしれない、と思っていた。症状が少し進んで、行動があやしくなってきていたころ、もしかしたら銀河ホテルに連れていけばいろいろなことを思い出して、少し回復するんじゃないか、と淡い期待を抱いた。

だが結局行かなかった。慣れた場所とはいえ、旅先でなにかあったとき、わたしひとりで対処できる自信がなく、子どもたちにも危ないからやめておいた方がいい、と言われたのだ。拓也がどうしても行くなら自分も行くと言ってくれたが、いまの幸子と長いことといっしょにいれば、拓也も疲れてしまうのがわかっていた。

なにより、期待して連れていって幸子が無反応だったら。そのときの失望を考えると怖かった。けれども、考えてみればあのときが最後のチャンスだったのだ。あのあとは身体にもだんだん不自由が出て、外出などとても無理な状態になった。

あのとき連れていっていたら。そんなふうに思うときもある。もしかしたら、幸子は楽しかった日々を一瞬でも思い出したかもしれない。しあわせな時間を過ごせたかもしれない。だが、そうじゃないかもしれない。

だいたい、それで回復するのでは、というのはこちらの勝手な願いに過ぎない。脳のことなどわたしにはわからない。なにもかももとどおりになってほしかった、もっと言えば、自分がこの苦しみから逃げたかっただけ。旅行に連れていったって、幸子にとっては単にストレスになるだけだったのかもしれない。正解はわからない。

ともかく、その後は介護がどんどんたいへんになり、幸子はやがて動けなくなった。写真を見にリビングに出てくることもなくなり、わたし自身、写真が目にはいるのが辛《つら》くなって、写真立てを棚の奥に仕舞った。そうしてすっかり忘れていた。

写真のことを思い出したのは、幸子が亡くなったときのことだ。少し前から体調が悪くなり、医師からもう長くないだろうと言われていた。だから、日々そのときに備えて暮らした。

幸子はもうほとんどのことがわからなくなっていて、むかしの幸子ではない。そういう意味では、とうのむかしに別れはすんでいる。わたしの知らないうちに少しずつ幸子は遠ざかっていった。

それでも幸子の身体はずっとこの家にあって、生きていた。幸子自身は思い出せないかもしれないが、そのなかに幸子そのものがいると感じていた。だから幸子がほんとうに亡くなったときは、それまで想像できなかったほどの喪失感があった。

しかし、人の世というのは、のこされた者に死を噛み締める時間を与えないようにできている。亡くなった瞬間からいろいろな手続きがはじまり、息子たちもやってきて葬儀の相談がはじまった。そうして、遺影の話が出た。

遺影。葬儀会社の人の口からその言葉が出てきたとき、はっとあの軽井沢の写真のことを思い出した。そして、幸子があの写真を遺影にしたいと言っていたと子どもたちに告げると、みんな、あれはいい写真だったね、母さんらしい表情だったし、と賛成してくれた。

だが捜してみると、その写真が保存されていたはずのメモリーカードが見つからなかった。ほかのメモリーカードは残っているのに、そのカードだけどこにもないのだ。どうしたものか、と思って相談すると、葬儀会社の人に、写真さえあれば復元できますよ、と言われた。写真立てもどこにしまったかは忘れてしまっていたが、これはさすがに捨てるわけがない。捜せばすぐに見つかるはず。それで、その場は式の日取りや棺《ひつぎ》や花などの相談だけして、写真は翌日に取りにきてもらうことになった。

葬儀会社の人と子どもたちが帰ってから、すぐに写真立てを捜した。リビングの棚をいくつか開けると、そのうちのひとつの奥の方に裏返しになった写真立てが見えた。

取り出そうとして、手が震えた。あの写真を見るのがなんだか怖かった。だが、幸子の希望なのだ。ちゃんと叶《かな》えてやらないと。おそるおそる写真立てを取り出し、表に返す。なつかしい風景が目にはいって、胸が詰まった。

テーブルに持っていき、写真を取り出そうと裏側の蓋を開けた。そのとき、写真と蓋のあいだに封筒があることに気づいた。銀河ホテルの名前のはいった封筒だった。

なんだろう、これは。

封筒を開け、なかの紙を取り出した。手紙ではない。預かり証のようなものだ。「銀河ホテル手紙室」と書かれている。下の備考欄に「この預かり証を持った人が来たら、手紙を渡してください。滝田幸子」と書かれていた。

幸子の字だった。久しぶりに見た幸子の筆跡。小さめの丸っこい文字。なつかしさのあまり、人差し指の腹でその文字をたどった。

しかし、手紙とはなんだろう？

銀河ホテルに手紙室という部屋があるのは覚えていた。一階の、フロントをはさんでダイニングルームとは反対側のあの部屋だろう。蔵書室とならんでいて、むかしは映画室だった場所だ。

若いころ、何度か幸子とあの部屋で映画を観た。そのころは客室には小さなテレビしかなく、もちろんビデオ装置もなかった。それが途中からテレビが大きくなり、フロントでビデオテープを借りて、部屋で観られるようになった。

映画室はしだいに使われなくなり、しばらくは扉が閉まったままだった。それが十二、三年くらい前だったか、急に「手紙室」というものに生まれ変わったのだ。

手紙を書くワークショップがおこなわれているという話だったが、わたしのような年代の人間でも、そのころはもう人と連絡を取るにはメールを使うことが多かった。いまどき手紙を書くなんて、相当年配の人か、手書きを重んじる客商売の人くらいだろう、と思った。だが、そういう人たちは書き慣れているだろうから、わざわざワークショップを受ける必要がない。

それで、どんな人が受けているのかと思って訊いてみると、意外と若者に人気なのだと言われた。そういえば大学でも、昭和風の純喫茶が好きだと言っていた学生がいたし、彼らにとっては万年筆やつけペンで手紙を書くということ自体が目新しいことなのかもしれない、と感じた。

しかし問題は、この手紙室という場所に預けられた「手紙」がなんなのか、ということだ。幸子が書いたものなのだろうが、いったいいつそんなものを書いたのか。旅行中はいつもいっしょだったし、幸子が手紙室に行ったという記憶もない。

そこまで考えて、はたと、あのときか、と気づいた。八年前に軽井沢に行ったとき、かつての友人からゴルフに誘われたのだ。同じ時期に自分も軽井沢に行く、久しぶりにいっしょにまわらないか、と。ゴルフ好きの友人で、わたしの方はそれほどでもなかったが、ゴルフというより久しぶりに彼と話したいという気持ちで、いっしょに行くことにしたのだ。

幸子をひとりにするのは気が引けたが、相談すると幸子はあっさりと、それならわたしはわたしですることがあるから遠慮なく行ってきて、と言った。それで、旅行の三日目、午後からひとりで出かけたのだ。

あのときか。することというのは、手紙室のワークショップだったのか。ゴルフから戻ったあともそんな話はしていなかった気がして、やや釈然としない気持ちだった。だが、いまはとにかく葬儀の準備をしなければならない。預かり証はとりあえずしまって、写真があったことを葬儀会社と息子に伝えた。

翌日、葬儀会社の人がやってきて、写真を持っていった。どうやって複製するのかわからないが、遺影はとてもきれいにできていた。背景の銀河ホテルは消され、写真館で撮ったような写真に加工されている。葬儀に参列した人たちもみな、幸子さんらしいいい表情ですね、と言っていた。

葬儀も終わり、家にひとりきりになった。介護のためにレンタルしていたあれこれを業者に返却し、世話になった訪問看護師も来なくなった。ヘルパーとの契約も終わりにした。部屋のなかは幸子の具合が悪くなる前に戻った。だが、幸子の姿はない。わかっていたはずのことだが、なかなかのみこめなかった。

子どもたちはわたしのことが心配なのか、孫を連れてときどき訪ねてきた。あれでよかったのだろうか、とか、もっとできることがあったんじゃないか、というような後悔を口にすると、もうくよくよするのはやめた方がいい、ネガティブなことばかり考えていると身体を壊すよ、と忠告された。

葬儀に来られなかった友人たちもやってきた。幸子が元気だったころによく家に来ていた人も多かったから、いつも幸子さんの料理を楽しみにしていた、とか、ケーキや紅茶がおいしかった、と思い出を語り、最後にはみんな決まってわたしに研究論文の執筆の再開を勧めた。

気乗りしなかったが執筆にとりかかり、仕事の合間にふと幸子がコーヒーを淹《い》れてくれたことなどを思い出す。あの預かり証を引っ張り出して、幸子の文字をながめたりもした。

なぜこんなものを残しておいたのか。

わたしに取りに行け、ということなんだろうか。

遺影に使った写真は葬儀のあとちゃんと葬儀会社から返却され、元通りに写真立てにおさめ、仏壇のとなりに飾った。線香をあげるたびにその写真を見て、あの預かり証はなんだったんだ、と写真のなかの幸子に訊く。もちろん、答えはない。

手紙を書いたのは八年前にちがいない。まだ認知症になっていなかったころ。そのころの幸子がなにを考えていたのか、わたし自身も知りたかった。でも、見てしまうのがなぜか怖かった。それでなんとなく先延ばしにしていた。

本の執筆を終え、そろそろ銀河ホテルに行かなければ、という思いが高まった。わたしももう八十五歳。いまはなんとかひとりで旅行もできるが、この先どうなるかはわからない。これればっかりは子どもたちに代わりに取りに行ってもらうわけにいかない。わたしが取りに行かなければ、手紙はそのまま手紙室に置かれたまま、忘れ去られていくことになる。

ある晩、預かり証が夢に出てきて、うなされて飛び起きた。夢の詳細は忘れたが、預かり証を持って銀河ホテルに行こうとするが、どうしても行き着くことができず、時間ばかりが過ぎていく、というものだ。

目が覚めて、取りに行くしかない、と思った。それで、ついにホテルの予約サイトから、宿泊の予約をした。日程は四月のはじめ。軽井沢に行くからには、幸子とよくいっしょに行った軽井沢高原文庫にも立ち寄りたい。

軽井沢高原文庫はサイトでは「十二月から二月は冬季休館」となっているが、電話で確認すると、三月半ばまではほぼ休館らしい。本格的にオープンするのは三月下旬で、日程は定まっていない。オープン後も天候によって休館になることもあるという話だったので、念のため四月にはいってからにすることにした。

ついでにホテルのサイトで調べると、手紙室にはいるためにはワークショップを受けるしかない、と書かれている。ワークショップを受ける気はない。どうしたものか、と思ったが、よく見ると、手紙を受け取る人についてはワークショップを受けなくても良い、という注記があった。

詳細はわからないが、電話で問い合わせるほどのことでもないだろう。ホテルに行ってから、手紙室とやらで訊けばいい、と思った。

3

服を着替え、一息ついたところで、部屋を出た。

手紙の受け取りのことを訊くために手紙室に向かったが、扉が閉まっていて、ワークショップ中という札が出ていた。

いまははいれないらしい。サイトで見たとき、ワークショップの所要時間は一時間半と書かれていた。はじまった時間がわからないからなんとも言えないが、そんなにすぐには終わらないのかもしれない。

ラウンジでお茶でも飲んで、時間を潰すか。いや、いまは日も短いし、イングリッシュガーデンを見ておいた方がいいのかもしれない。幸子はここに来ると必ずあの庭をゆっくり散歩していた。外に行くとなると上着が必要だ。コートを取りにもう一度部屋に戻り、中庭に通じる扉を通って、外に出る。

全然変わってない。庭に出たとたん、タイムスリップしたかのような気持ちになり、歩みが止まった。八年前からなにも変わっていない。あのときは九月の半ばだったから、まだ草花が茂っていたし、木も青々としていた。

ここにはいろいろな季節にやってきた。ゼミの合宿や子ども連れのときはたいてい夏休みだったが、幸子とふたりになってからは、四季を問わずにやってきた。満開のバラを見るために、わざわざ六月にやってきたこともある。わたしは植物の種類などよくわからない。ガーデニングに凝っていた幸子の方がずっとよくわしかった。

——うちの庭もこんなふうにしたいのになあ。

ここに来るたび、幸子はそう言った。

イングリッシュガーデンの作り方の本を買ったりして、それなりにがんばってはいたが、なにしろ家を建てたときの植木職人の趣味なのか、和風の木がたくさんあったし、わたしの両親が亡くなったとき、その家の庭にあった柿だの枇杷《びわ》だの柘榴《ざくろ》だのを引き取ってきたせいで、ますますまとまりのない庭になってしまった。

——わたしはいまのうちの庭も好きだけどな。風情があるじゃないか。

——まあ、悪くはないんだけど。なんかもう少しおしゃれにしたいのよね。なにが足りないのかしら。

幸子はそう言って庭のなかをぐるぐるまわり、今度あれを植えてみよう、とか、アプローチに大きな鉢を置いてみよう、とか、あれこれ計画を練っているようだった。

幸子が倒れてからは、庭の手入れもいい加減になっている。荒れてしまうとよくないので、定期的に植木職人をいれて木の方の手入れはしているが、幸子が丹精した草花の類はほとんど枯れてしまった。花のことなど結局なにもわからない。もう再現しようもないし、植えたところで手入れだってできない。無力感でため息が出る。

結局、あの庭は幸子の庭だったんだな、と思う。家もそうだ。家具はいっしょに選んだが、いつも幸子の趣味を優先していた。とくにリビングやダイニングキッチンは、幸子の選んだ品々であふれ、だから幸子がまだいるような気がしてしまうのだ。

庭を歩いているとさすがに寒さが身体に応え、コートの襟を立てる。一周したところで、出てきた扉からホテルのなかにはいった。

手紙室を見に行ったが、まだワークショップ中みたいだ。何時に終わるんだろう。フロントで三枝さんに手紙室のことを訊くと、今日は九時半まですべて埋まっている、と言う。

「そんなに？」

「はい、申し訳ありません。手紙室のワークショップは人気のプログラムで、ワークショップを目当てにいらっしゃる方も多いんです。明日でしたらまだ一枠お取りすることができるんですが」

三枝さんは、わたしがワークショップを予約しようとしていると思ったのだろう、そう答えた。

「いえ、ワークショップを受けたいわけではないんです。実は手紙室に預けた手紙がありまして、明日あたり、それを取りにいこうと……」

「そうでしたか。それでしたら、朝のワークショップのはじまる前の時間帯か、明日は夕方の六時からの回が空いておりますので、六時から七時半までのあいだ。または夜の九時半以降ですね。ワークショップの最後の回が九時半に終わるのですが、十時までのあいだでしたら、片付けで人が残っておりますので」

「わかりました。じゃあ、そのあたりのどこかでうかがいます。予約は必要ですか」

「いえ、受け取りだけでしたら、予約は不要です。手紙の受け取りの方がいらっしゃることは、手紙室にも伝えておきますね」

三枝さんはそう言った。


そんなに混んでいるものなのか。手紙室。どんなところなのだろう。

部屋に帰ってコートを脱ぐ。お茶を淹れてソファに座った。

あの部屋はむかしは映画室だったんだ。と言っても、広くはない。六つか七つの席が五列ほどならんだ小さな部屋だ。木の枠でビロードを張ったふかふかの椅子。スクリーンは小さいけれど、街の映画館より居心地が良いくらいだった。

上映されているのはいつも洋画だった。たしかこのホテルの創業者である上原《うえはら》周造《しゅうぞう》氏が演劇や映画が好きだったのだ。クリスマスシーズンにラウンジでひとり芝居がおこなわれていたのも、周造氏の発案によるものだと聞いた。

周造氏のあとホテルを継いだのは周造氏の長男の上原耕作《こうさく》氏。園芸が好きで、イングリッシュガーデンをここまで見事なものにしたのは、耕作氏の業績なのだそうだ。

耕作氏はわたしと同世代で、イングリッシュガーデンで園芸市を企画したりしていた。一度偶然園芸市が開かれている日に滞在したことがあって、そのときは車だったから、幸子はいくつか鉢植えを買っていた。

そのなかに、ライラックという植物もあった。リラという名前もあると幸子が言っていた。植物の名前などほとんど知らないが、「リラの花咲く頃」という有名な歌があったから、めずらしく覚えていた。ライラックは門から玄関までのアプローチに植え替えられ、毎年春になるときれいな花を咲かせ、良い香りを放っていた。

幸子が元気だったころ、ライラックに追肥《ついひ》するのを手伝ったことがあった。年に一度、花が咲き終わったころに追肥するんだよ、と言われたのをよく覚えている。ほかの樹木のことはよくわからないが、ライラックの追肥のことだけは幸子に教えてもらっていたから、毎年肥料を与え続けていた。それがよかったのか、あのライラックはいまも春になると咲く。

ここでの記憶はすべて幸子につながっている。なにを見ても、幸子のことを思い出す。

——ええ、奥さまとの思い出の場所にいらしたのは、奥さまのことを大切に思っていらっしゃるからでしょう。思い出のためにわざわざひとりでいらっしゃった。素敵なことだと思います。

チェックインのときの三枝さんの言葉が胸のなかによみがえる。

思い出のためにやってきた。そうなのかもしれない。だが、ここまで思い出に満ちているのは、なかなか苦しいものだ。

若いころはなにを見ても新鮮だった。はじめての驚きに満ちていた。だが、年をとってくると、思い出のまとわりついた風景が増えてくる。思い出と結びついた土地の様子がすっかり変わっていて、自分の一部が消え去ったような気持ちになることもある。

まったく見ず知らずの土地に行けばまた別なのだろうが、そんな機会はだんだん減っていく。幸子のことを思い出すのは嫌じゃない。だが、幸せの記憶と喪失が背中合わせになっていて、ときおりその重さにうずくまりそうになる。長く生きるというのは、しんどいことだな、と苦笑いした。

ディナーの時間になり、ダイニングルームに行く。不思議なもので、身体は衰えるばかりなのに、空腹にはなる。料理のレベルの高さもむかしから変わらず、久しぶりにおいしいものを食べて、腹だけでなく心も満たされた。まわりに人がいて、にぎやかだったのも良かったのかもしれない。

幸子はいつも食後のデザートを注文するかで悩んでいたな、と思い出した。コーヒーを飲み終えると、九時を過ぎていた。手紙室のワークショップは九時半に終わり、十時までは人がいるという話だった。

いまから行っても大丈夫だろうか。三枝さんには明日と言ってしまったが、今日のワークショップも九時半までだと言っていた。だから、いまから行けばまだだれかいるかもしれない。

手紙室にあるのがどんな手紙かわからない。だが、とにかく早く取りに行けば、責任を果たして心も軽くなるだろう。まだ少し食事の余韻に浸っていたい気もしたが、意を決して立ちあがり、ダイニングルームを出た。

預かり証を取りにいったん部屋に戻り、手紙室に向かう。昼間とちがって、扉は開いていた。なかをのぞくと、あかるい部屋が広がっていた。映画室だったときとは全然ちがう。白い壁に白い棚。そこにインクの瓶が無数にならんでいる。

銀河ホテルでは、白い壁はめずらしい。ロビーもダイニングルームも客室も、みんなちがう色に塗られている。白い壁にしているのは、きっとインク瓶を際立たせるためなんだろう。

すごい数だな。そういえばサイトには「千色のインク」と書かれていた。瓶の形はそれぞれちがう。瓶のなかのインクは濃い色でよくわからないが、ラベルを見ると黒や青だけではなく、赤や黄色や緑や紫など、さまざまな色があることが見てとれた。

「ご予約ですか？」

部屋の中央のテーブルを片付けていた若い男性スタッフが声をかけてきた。

「あ、いえ、そうではなくて。手紙の受け取りに来たんです」

「ああ、わかりました。滝田さまですね。フロントから承っております」

わたしの顔を見るなり、彼は目を見開いた。わたしもその顔に見覚えがあるような気がした。だが、かなり若いスタッフだ。八年前にいた人なら、もう三十歳を超えているはずで、とてもそんなふうには見えない。それで胸もとを見ると、名札に「上原旬平」とあった。

上原……。創業者の一族と同じ名前だ。そう気づいた瞬間、記憶がよみがえってきた。

「もしかしたら、旬平《しゅんぺい》くん？」

わたしがそう言うと、彼ははい、とうなずいた。

「やっぱり。制服を着ているから、最初は気づかなかった」

制服だけではない。髪形も変わって、大人っぽくなった。だが、わたしは彼を知っていた。八年前、彼がまだ高校生だったころに会ったのだ。彼はこのホテルの創業者の曽《ひ》孫《まご》にあたり、いまの社長のひとり息子だった。夏休みのアルバイトで、庭仕事を手伝っていたのだ。

イングリッシュガーデンを散歩していたときに出会い、作業中の彼に幸子が声をかけた。うちにあるのと同じ低木の世話をしていたから気になったみたいだった。それであれこれ話すうちに、彼がこの銀河ホテルのいまの社長の息子であることがわかった。

旬平くんは折り目正しくはきはきした青年だった。ホテルのとなりにある家で育ち、子どものころから宿泊客と接することに慣れていたのかもしれない。幸子の質問にも臆せず答え、庭を少し案内してくれた。

そのときの話で、銀河ホテルのいまの社長は彼の母親だとわかった。彼女は上原家の血筋ではなく、夫が早世したため、社長を継ぐことになったらしい。あのときは東京の大学に行きたい、就職も東京で、と話していたけれど、いまここで働いているということは、このホテルを継ぐということなのだろうか。

「手紙の受け取りの方がいるとは聞いていたのですが、あのときのお客さまだったなんて。お名前に聞き覚えがあるような気がしていたのですが……」

「覚えていてくれたのか。あのときはありがとう。幸子もすごく喜んでいた」

幸子は旬平くんから、知らない花の名前や、手入れの方法を教えてもらっていた。まだ高校生なのに、しっかりしてるのね、と感心していたのをよく覚えている。

「その節はお世話になりました。幸子さんのこと、よく覚えています」

旬平くんはそう言って、少し目を伏せた。

三枝さんからわたしがむかしからの常連であることや、妻が亡くなったことは聞いていたのだろう。だが、話を聞いたときは「滝田」がだれか気づかなかった。それがいまようやくあのときの記憶と結びつき、死んだのが幸子だと理解したのだろう。

「家にこの『預かり証』があってね」

わたしはそう言って、預かり証を旬平くんに手渡した。

「でも、実はよくわかっていないんだよ。たぶん幸子の遺《のこ》したものなんだが、本人からはなにも聞いていなくて。彼女が手紙室で手紙を書いたということさえ知らなかったんだ。いや、もしかしたら、彼女の書いた手紙じゃないのかもしれないけど」

「こちらに幸子さんのサインがありますから、手紙は幸子さんのものだと思います。この欄の署名は、手紙を書いた本人しかできないことになっていますので」

旬平くんは言った。

「そうなのか。実は銀河ホテルにはむかしから何度も泊まっているけど、アクティビティのようなものに参加したことはないんだ。手紙室に来るのもはじめてで、決まりごとも全然わかってない。いちおうサイトに書かれている説明は読んだけど、ワークショップで手紙を書く、ただし書いた手紙は投函《とうかん》せずに、ここの保管室で預かる、っていう話だったような」

出さない手紙を書く。わからないでもなかった。わたしだって、わざわざ出さない手紙を書いたことはないが、若いころには書いても結局出せなかった手紙はいくつもあった。ラブレターとか、長い謝罪の手紙とか。どれも長い時間をかけて書いたものだが、たいていは出さなくてよかった、とあとで心底安堵《あんど》したものだ。

サイトの説明にあった、過去や未来の自分、もう会えない人への手紙、というのもわからないでもない。そうした気持ちを整理するためのワークショップなのだろう、というのも想像がついた。

「はい、おっしゃる通りです。正確に言うと、ここで書いた手紙は出しても出さなくてもいいんです。出す場合はあとで自分で切手を買って、投函する。出さない場合はここに預けることもできる。ずっとここに保管したままでもいいですが、あとで自分で取りに来ることもできる。その場合、手紙は基本的に本人にしか渡せないことになっているんです」

「本人しか？　家族でもダメなのか？」

「そうですね。もし本人以外の人に渡してほしいと希望される場合は、このメモの備考欄に渡す相手の方のお名前を控えることにしています。手紙を書いたときでなくてもかまいません。あとになって、この人に渡したい、ということがあれば、こちらに連絡してもらうことになっていて……」

「この預かり証に書くのではなく？」

「はい。そうしたら、預かり証を手に入れた人が勝手に名前を記載してしまうことができますから。それで、本人から手紙の預かり証の番号と渡したい相手の名前を言ってもらって、こちらで保管して手紙についたメモに付記することになっているんです」

「ずいぶん厳重なんだな。銀行の貸金庫みたいだ」

「そうですね。でも、手紙というのは人の心そのものだから、なによりも慎重に扱わないといけない。ここの室長の苅部《かるべ》はいつもそう言ってます」

旬平くんがそう言った。

手紙というのは人の心そのもの。その言葉に、胸を衝《つ》かれた。

心。幸子の心。それがここに眠っている。

「たしかにその通りだね」

わたしはうなずいた。

「ただ、この備考欄では預かり証を持ってきた人に渡すことになっていますよね。こういう記載は見たことがありません。たいていは名前が書いてあって、免許証のようなお名前を確認できる証明書を確認させていただいて、記載通りだったら渡す、という形になっているので」

どうやらこれは異例の形ということらしい。

「それと、申し訳ありません。手紙のお渡しは、室長の苅部しかできない規則になっておりまして。いまは苅部が不在で、お渡しができません」

「え、そうなの？　三枝さんはこの時間なら、って……」

「はい。たいへん申し訳ありません。通常ですと、三枝がお伝えした時間帯には、苅部は必ずいます。ただ、今日は緊急の事態が起こって、その対応に出てしまったんです。苅部はホテルのアクティビティ部門の責任者でもあるので。準備しておけばよかったのですが、滝田さまがお越しになるのは明日と聞いていたものですから」

　旬平くんが深々と頭をさげる。

「そうか、それは仕方ないね。明日出直すよ」

「申し訳ありません」

　旬平くんがまた頭をさげた。

「いやいや、明日と言ったのはわたしなんだから、気にしなくていいよ。もともと今日立ち寄るつもりはなかったんだ。しかし、旬平くん、このホテルで働くことになったんだね。前に会ったときは、東京の大学に行きたい、仕事も東京で、って言ってたけど」

　話を変えようと、そう訊いた。

「それが……。実は東京の大学に行って、いったんは東京で就職したんです。でも、なかなかむずかしかったですし、入社した会社も潰れてしまって」

「それはたいへんだったね」

この八年のあいだに彼にはそれだけのことが起こったのか。

八年。十六か十七から二十代半ば。人生の方向が決まる、大きな変化のある時期だ。ずっと大学で教えてきたが、大学一年から四年までのあいだにみんな驚くほど成長する。そして、社会に出る。学生のあいだは教育を受ける立場だし、親や学校の保護のもとにある。だが社会に出れば、その状況は大きく変わる。

「自分の家が経営するホテルで働くのは安直すぎて良くない、と思っていたんですが、実際に働いてみると、想像していたよりずっとむずかしくて。お客さまがやってきて、泊まって、帰る。ルーチンばかりの世界を想像していましたが、お客さまによってホテルに泊まる理由も、どういう気持ちでやってくるかも全然ちがいますし」

「そうだなあ。わたしは長いこと大学で教えていたんだよ。大学も、学生たちは入学して四年間勉強して、卒業していく。授業やゼミを受け持って、教えることは毎年そんなに変わらないけれど、やっぱり毎回ちがうからね。人と対するっていうのはそういうことだよね」

「大学で教えていらっしゃることは、以前お目にかかったときにお聞きしました。このホテルにもずっとむかしから何度もお越しになっているとか」

「はじめて来たのは一九六〇年だよ。三枝さんも旬平くんもまだ生まれてないころ」

わたしは笑った。

「一九六〇年というと、父や母が生まれるより前ですね」

「そうか。最初に来たときは大学生だったんだ。ゼミの合宿がいつも軽井沢でね。指導教授が軽井沢が好きだったから」

「大杉教授ですよね。うちの蔵書室に本を寄贈してくださった……」

旬平くんに言われ、うなずいた。

この部屋のとなりには、蔵書室という部屋がある。創業者の周造氏が亡くなったとき、周造氏の本を収めるために撞球《どうきゅう》室を改装したのだと聞いた。ホテルに隣接した住居には、周造氏の書庫があり、そこには膨大な本が収められていた。芸能が好きだったため戯曲や演劇関係の本が中心だったが、軽井沢に暮らした文人たちの著作もそろっていた。

十数年前、大杉教授が亡くなったとき、教授の蔵書の一部をここの蔵書室に寄贈した。軽井沢にゆかりのある文人の本が多かったが、比較的めずらしく、古書店でも滅多に手に入らない近代文学の初版本なども含まれていた。教授の本が収められた一角には大杉コレクションという名前がついている。

「教授は軽井沢と同じくらい、この銀河ホテルが気に入っていたんだよ。学生のなかには高いって文句を言っているやつもいたけどね。でも、たいてい一度来ると、銀河ホテルが好きになる。わたしもほかの軽井沢のホテルに泊まったこともあるが、やっぱりここがいちばん好きだよ。だから、新婚旅行もここにしたんだ」

「ありがとうございます。新婚旅行でご利用いただいたということ、三枝からも聞きました」

「この部屋、そのころは映画室だったんだよ。もちろん、知ってると思うけど」

「はい。話だけは聞いてます」

「たしか、創業者の上原周造氏が演劇と映画が好きだったんですよね」

「そうです。僕の曽《そう》祖父ですね。僕が生まれる前に亡くなったので会ったことはないですが」

「映画室を作ったのも周造氏で、クリスマスシーズンのラウンジでのひとり芝居を企画されていましたよね」

「ひとり芝居……。ああ、むかし、祖父から聞いた気が……」

　旬平くんが記憶をたどるように、宙を見あげた。

「七〇年代の終わりから八〇年代にかけて、毎年クリスマスシーズンに深沢泰彦《ふかざわやすひこ》っていう舞台俳優がひとり芝居をしてたんだよ。実は幸子が深沢泰彦のファンでね。映画に出ているのを観てファンになったらしくて。ひとりで芝居を観にいく度胸はないけど、クリスマスにここでひとり芝居をしていると知って、観に行きたい、って言い出して」

　一九八八年のことだ。当時、美里は大学生、拓也は高校生だった。ふたりとも、冬の軽井沢に来るのははじめてで、夏とはちがう雰囲気に驚いていた。美里はひとり芝居に関心を持っていたが、拓也は気が進まないようだった。幸子の手前口には出さなかったが、わたしも実はあまり興味がなかった。

ホテルのラウンジの、なんの飾りもない空間でのひとり芝居なんて、ファンサービス以外のなにものでもない、とたかをくっていたからだ。しかし、幸子はすごく楽しみにしていたし、子どもたちにとっても勉強になるかもしれないと思い、家族みんなで観ることにした。

そのときの衝撃たるや。深沢泰彦は舞台を中心に活動する俳優で、わたしも美里も拓也もよくは知らなかったのだが、その存在感にすっかり圧倒されてしまった。ラウンジだから役者との距離が近い。その迫力もあったのだろう。観るのを渋っていた拓也ですら、最後には身を乗り出して拍手を送っていた。

「でも、あのひとり芝居はわたしたちが観た一九八八年が最後だったみたいで。次の年からはなくなってしまった。幸子も娘も、もう一度観たい、って言ってたんだけどね」

「それはたぶん、曽祖父が亡くなったからですね。もともと曽祖父の希望ではじめたもので、曽祖父が亡くなって、やめることになった、と母から聞きました。なんでも、八〇年代の後半は、ホテルの業績があまりよくなかったみたいで」

「そうだったね。あのころは猫も杓子《しやくし》も海外旅行だったからなあ」

気軽に安価に海外旅行に出られるようになって、あのころは軽井沢などの国内の観光地はどこも人気が下がってしまっていたみたいだ。わたしたちは相変わらず銀河ホテルに来ていたが、なんとなく閑散とした雰囲気だった。

「一九九七年に新幹線が開通して、また活気が戻ってきて……。銀河ホテルも九〇年代は低迷が続いていたんですけど、二〇〇一年に苅部がアクティビティサービスをはじめてから、もりかえしたんです」

旬平くんの言葉に、そういえばそうだったな、と思う。ある年の夏、銀河ホテルに来ると部屋に森林ガイドツアーなどのアクティビティのチラシが置かれていた。

わたしたちはふたりで過ごす方が気楽だったし、いつも決まって行く場所もあり、そうしたアクティビティに参加したことはなかったのだが、ツアーに参加したらしい人たちが楽しかったと言っているのを何度も耳にしたし、ホテルに活気が戻ってくるのを感じた。

「苅部さんというのはどんな人なんですか？」

「四十代で、背が高くて、彫りが深い……。外見はかなり派手なので、一度見れば忘れないと思います」

旬平くんが軽く微笑む。

「彫りの深い顔立ちの背の高い男性……？　覚えがないなあ」

「滝田さまはアクティビティに参加されたことはないんですよね。屋外のものも、屋内のものも」

「ないんだ。園芸市に何度か行ったくらいで」

「園芸市はアクティビティではあるんですが管轄が別なので、苅部は関係していないんです。苅部は手紙室ができてからはほとんど手紙室にいますし、アクティビティ部門をはじめる前はほかの業務にもついていたと聞きましたが、それは一年くらいのことらしいです。あとはずっとアクティビティに携わっていて」

アクティビティに参加しないと顔を合わせないということか。

「この手紙室も、その苅部さんが作ったものなのか」

「はい。手紙室のアイディアも苅部のものですし、部屋のデザインも苅部が考えたものです。インク選びも、ディスプレイの仕方も」

そういえばなにかのテレビ番組で、こういうカラーインクがブームになっている、というのを見たことがある。「インク沼」というらしい。番組にはイベントに集まったカラーインクのコレクターが出てきて、インタビュアーに対して、何十色、何百色と買いそろえていると答えていた。

「でも、ワークショップが人気なのは、インクの種類が豊富だからというだけじゃないんです。やっぱり苅部のワークショップに独特の魅力があるというか……」

旬平くんが首をひねった。

「独特の魅力？　そもそもワークショップってなにをするんだ？　手紙の書き方の作法を教えるということかな」

「いえ、そういったものではありません。書き方のルールを教えるわけではなくて、手紙はあくまでも、お客さまの自由に書いていただくのですが。実は僕もホテルに戻ってきたころにここで莉部のワークショップを受けたことがあるんです。ここで手紙を書いているとき、自分の奥にあるものがはじめて見えたような気がして……」

奥にあるものがはじめて見える？　どういう意味だろう。むかしよくあった自己啓発セミナーのようなものなんじゃないか、と疑った。

「別に莉部がなにかを教えてくれるとか、気の利いたアドバイスをしてくれるとか、そういうことじゃないんです。莉部がするのは、色を紹介してくれるくらいなんですよ。でも、その色を見ているうちに、いろいろなことを思い出して……」

旬平くんが首をかしげる。

「そのとき、旬平くんはだれに手紙を書いたんですか」

訊いていいものか少し迷ったが、どうしても気になって訊いた。

「父に……。亡くなった父に書きました」

旬平くんの言葉に、やはり、と思った。

「考えたら、あのワークショップがあったから、僕はここでやっていこうと決意できたような気がします。こっちに戻ってきたものの、最初のうちは母親に言われて仕方なくここで働くか、というだけで、しっかり気持ちが定まっていませんでした。ワークショップを受けて、なにか吹っ切れた、といいますか……」

「そうだったのか」

「それからホテルのいろいろな場所で研修を受けて。でも、やっぱり苅部の下で働いてみたかったんです。手紙室はずっと苅部ひとりで運営していて。苅部みたいなことができる人はほかにいませんから。でも、さっきも言ったように、苅部はアクティビティ部門全体の責任者なので、手紙室の仕事だけをしているわけにはいかないものですから」

「たしかにひとりで運営していると、休みも取れないからね」

「はい。繁忙期になると苅部はまったく休みが取れなくなってしまうんです。それで、僕が助手としてここにはいることになりました。僕もアクティビティ部門の一員なので、森林ガイドツアーに出ることもあります。でも、ここの仕事は外をまわるアクティビティよりずっとむずかしくて。苅部のしていることを横から見て学ぼうと思ってるんですが……」

旬平くんはそこまで言って、ため息をついた。

「正直、全然わからないんです」

「わからない？」

「そうなんです」

　旬平くんが困ったように笑う。

「苅部はちょっと変わった人で……。そこにフクロウの絵があるでしょう？　あれは以前お客さまが描いてくださったもので、苅部をモデルにしてるんです。そのお客さまから、どんな動物がいいか訊かれて、僕がフクロウって答えたんですけど。なんだか謎めいた人なんですよ、苅部は」

　旬平くんはそう言って、カウンターの上に置かれた小さな絵を指した。かわいらしい絵だが、フクロウの目に不思議な深みがあった。

「これも、ここにあるカラーインクで描かれたものなんですよ。カラーインクは絵を描くのにも用いられるので。これを描かれた方は、文章はうまく書けないから、と言って、絵を描かれたんです」

　そういう人もいるのか、と思った。どんな人が描いたのだろう。うまい、というのとはちがうが、なんともいえない深みがある。

「すみません、長々とお話ししてしまいました。明日、どうされますか？　お越しになる時間がわかれば苅部にも伝えて、もし苅部に急用ができたときは、滝田さまの方にご連絡しますが」

「ああ、そうだね。どうしようかな」

そこまで言って、三枝さんが夕方に一枠ワークショップに空きがある、と言っていたのを思い出した。

「明日の夕方、まだ一枠空いているという話だったが、そこはまだ空いているかな」

わたしは訊いた。

「はい、六時から七時半の回ですね」

旬平くんはカウンターに置かれたタブレットを取り上げ、操作した。

「まだ空いています。そうですね、そのときなら時間もゆっくり取れますし、その時間にいらっしゃいますか？」

「あ、いや……。この際だから、そのワークショップを受けてみようかな、と思って。いまの話を聞いていて、なんとなく興味が出た。それに、幸子も受けたワークショップでしょう？　彼女がそのときここでなにをしたのか知りたくなって」

「承知しました。では六時からの枠をお取りしておきます」

旬平くんはそう言って、タブレットで入力をはじめた。

「そうしたら、明日また来るよ。ほかに準備するものはあるかな？」

「いえ、とくにご準備いただくものはありません。便箋も封筒もペンもインクもすべてございますし、辞書などもお貸しできます。ワークショップのはじまる十分くらい前にお越しください」

うなずいて、手紙室を出た。

4

勢いでワークショップを予約してしまったが、後悔はしていなかった。ワークショップや苅部という室長に興味がわいたのもあるが、あの部屋の居心地が妙に良かったのだ。

ビデオのレンタルがはじまり、映画室が使われなくなってきたときは、軽い失望があった。映画室では一度に一作品しか流せない。宿泊客がそれぞれ自分の気分に合わせて作品を選べる方がいいに決まっている。だがどうしても映画室の仄暗《ほのぐら》い部屋の雰囲気が忘れられなかった。

映画がはじまる前の暗闇。場内が暗くなると、それまでのざわめきが静寂に変わる。暗さと静寂。そして映画がはじまる。まわりにたくさん人がいるのに、そんなことはすっかり忘れ、映像に浸って自分もその世界にいるような気持ちになる。

映画館で観る映画は、そういう特別なものだった。テレビで観るのではダメなのだ。周囲にはいつも生活があり、家族がいる。完全に映画の世界に没入できない。

わたしにとって、映画は本とはまったくちがうものだった。本はどこで読んでいても没入できる。電車のなかでも、喫茶店でも。家でまわりに家族がいても。だが、映画はそうではない。本は自分のなかにその世界が広がっていくが、映画は自分がその世界にはいっていくような気持ちになる。そのせいかもしれない。

それがテレビ画面で観るとなると魅力が半減してしまう。映画は魔術でないといけない。わたしたちには見えない暗い部屋で、映写技師という神秘的な存在が魔法のように映画を映す。だから良いのだ。

いまではDVDさえ古くなってしまった。子どもたちも孫も、インターネット配信で映像を観ている。魔術が普遍化した世界が到来したということなのか。

銀河ホテルはどこも好きだ。客室もダイニングルームもラウンジも庭園も完璧だと思っていた。映画室もその完璧さを形作る存在のひとつだった。それがなくなってしまった。その空白がさびしかった。

手紙室というものに変わったと聞いても行ってみる気にはなれなかった。だが、今晩なかにはいって、手紙室も悪くない、と思った。これまでの銀河ホテルの部屋とは少し雰囲気がちがう。白くて、あかるくて、モダンだ。だがインクの瓶を見ていると、知らずしらず高揚した。そこもこれまでの銀河ホテルとちがう点だと気づいた。

銀河ホテルの館内はどこも落ち着く。だが、あの部屋はちがう。逆に意識が覚醒する。これまで見えなかったことが見えるような、新鮮な感覚だ。あたらしい場所を訪れたときのように。最近そんな気持ちになることはほとんどなかったから、そのこと自体が衝撃だった。

だから、ワークショップを受けることにした。問題は手紙だ。ワークショップを受ける以上、手紙は書かなければならないだろう。だれに宛てて書けばいいのか。ふつうに考えれば、幸子だろう。幸子の手紙を受け取りに来たのだから、その返事を書くのが自然な流れだ。

だが、なにを書けばいい？　幸子の晩年、あれで良かったのかと迷うことばかりだった。だが、めそめそと謝罪を書き連ねてどうする。それは幸子に宛てているように見えて、実際には自分のために書いているだけじゃないか。

すぐに部屋に戻る気になれず、ラウンジで一杯だけ飲むことにした。窓際の席に案内され、ゆったりしたソファに腰をおろす。背にもたれ、大きく息をついた。

注文した赤ワインを飲みながら、そういえばひとり芝居のときも赤ワインを飲んだな、と思い出した。ワンドリンク制で、まだ未成年だった子どもたちはウーロン茶だったが幸子とわたしは赤ワインを頼んだのだ。

芝居がはじまるまではみんなで雑談しながらちびちびと飲んでいたのだが、やがて全体の照明が暗くなり、まわりの席も、しん、となった。そして、ラウンジの中央に突然スポットライトがあたり、見るとひとりの男が椅子に座っていた。

いつのまにあそこに？　あそこに座るためには客席を抜けなければならない。役者が通れば気づくだろう。だれも通った気配がないから、劇がはじまったあとでどこかから登場するものだとばかり思っていた。

考えられるのは、スポットライトがつく前、暗くなったときの十数秒。だが、あの真っ暗闇のなか、客席の外から音もなくあそこまで移動するのは不可能なんじゃないか。

そんな疑問も、男が動き出すとすぐにどこかに吹き飛んでしまった。椅子から立ちあがるその動作。主人公は妻に先立たれ、生きる気力を失った中年の男という設定で、くたびれた服装で、動き方も緩慢だ。だが、なぜか惹《ひ》きつけられ、目が離せなくなった。

役者はすっかりそのくたびれた男に成り切っている。それが劇のあいだにさまざまなものと出会い――といってもひとり芝居だから相手がいるわけではなく、その役者だけの演技なのだが――しだいに活力を取り戻していく。その変化がまた素晴らしかった。

いつのまにかワインを飲むことも忘れ、男の演技を凝視していた。本とも映画ともちがう、そこになまの肉体がある迫力。演劇のことはあまり知らなかったが、演劇にはまる人がいる理由もわかった気がした。芝居は一時間半だったが、あっというまだった。

芝居を観たあと、もともとファンだった幸子だけでなく、美里も深沢泰彦の魅力に取り憑《つ》かれ、それ以降、幸子とふたりで東京で深沢泰彦が出演する舞台を観にいくようになった。

劇場での公演は役者が大勢出るし、もっと長い。舞台美術も衣装も凝っている。だが、銀河ホテルのひとり芝居ほど近くで観ることはできない。だからふたりとも、ホテルのひとり芝居がなくなってしまったことをずいぶん残念がっていた。

——あんなに間近で観られるなんて、もう二度とないよねえ。あーあ、あのときもっとちゃんと観ておけば良かった。

翌年の秋、ホテルにクリスマス公演のことを問い合わせ、今年からなくなったということがわかったとき、美里は大きくため息をついた。

——そうだよねえ。ほんと、息遣いまではっきり聞き取れたもんね。

幸子がうなずく。それからしばらくふたりで深沢泰彦の話で盛りあがり、わたしは蚊帳の外に置かれたような気がして、少々気分が悪かった。いや、蚊帳の外だったからではなくて、単純に焼き餅だったのかもしれない。妻と娘が役者に入れこんでいる。夫であり、父親であるわたしの立場はどうなるんだ、という気持ちだったのだろう。

それで、あまり深沢泰彦に関する話が続いたときは、黙ってその場を立ち去るようになった。拓也には、まあ、役者には勝てないよ、と笑われ、それもまた腹が立った。

一九九八年、深沢泰彦はまだ五十代前半という若さで亡くなった。テレビにあまり出ない俳優だったのでそこまで知名度はなかったが、早世だったから、ニュースやワイドショーでも何度か取りあげられ、幸子も美里もずいぶんショックを受けていた。

いま考えてみれば、まったく拓也の言う通り。役者の魅力に勝てるわけがない。あんなことで不機嫌になっていた自分が大人げなくて情けない。

手紙を書くなら、そのことも謝らないといけないかもな。謝ることばっかりだ。もっとないのか、ほかに。近況報告として、とりあえず本が書き終わったことでも書くか。まあ、あれもいつ出るのかわからないが。

じゃあ、なにを書けばいい。考えたら、わたしは幸子のことをなにもわかっていなかった気がする。ずっといっしょに暮らしていたのに。

赤ワインは早々になくなってしまった。健康を考えたらここでやめておくべきだろう。わたしは腰をあげ、部屋に戻った。


次の朝はゆっくり眠り、ダイニングルームで遅めの朝食をとった。

むかしだったら朝食が終わったら車であちこちに出かけていたが、今回は車じゃない。拓也に強く言われ、免許は数年前に返上した。

軽井沢高原文庫にはどうしても行っておきたかったから、タクシーを呼んで塩沢湖《しおざわこ》に向かった。塩沢湖のまわりは軽井沢タリアセンという複合施設になっており、軽井沢高原文庫もその一部だった。

外はまだ寒く、湖のまわりもしずかだった。ここを訪れるのも八年ぶりだった。

子どもたちが成長したあとは、幸子とふたり、よくここに来た。軽井沢高原文庫には、軽井沢ゆかりの文人たちにまつわる資料を展示した本館のほか、有島武郎《ありしまたけお》の別荘「浄月庵《じょうげつあん》」や、堀辰雄《ほりたつお》の山荘、野上弥生子《のがみやえこ》の書斎など、移築保存している建物がある。「浄月庵」は有島武郎が雑誌記者波多野秋子《はたのあきこ》と情死した場所として有名で、明治末期の重厚な建物だ。

八年前、最後に幸子と軽井沢に来たときもここにやってきた。高原文庫を見たあと、塩沢湖のまわりにあるペイネ美術館や深沢紅子《こうこ》野の花美術館、ヴォーリズの設計による睡鳩《すいきゆう》荘まで全部まわった。

今回もゆっくりそれらの施設をめぐった。植物が好きな幸子は、野の花美術館をとくに気に入っていたし、睡鳩荘の豪華なリビングを見ては、素敵ねえ、とため息をついた。どの場所にも幸子の面影があった。大学がある時期は毎日のように出講していたし、在宅中も食事のとき以外はたいてい自分の書斎で過ごした。考えたら、幸子と一日じゅういっしょに過ごすのは、軽井沢に来ているときくらいだったのかもしれない。

家族ともそうだ。子どもだったころの拓也や美里。家のアルバムに貼られている写真も、学校行事のものと軽井沢の写真がいちばん多かった。そう考えると、軽井沢にはわたしたち家族の歴史が凝縮されていると言ってもいい。

長かったような、短かったような。

時間というのはよくわからない。記憶もだ。結局のところ、人間は「現在」しか認識できないんじゃないか、と思う。いつも「いま」しかない。積み重ねられるものなんてなくて、子どものころの自分となにも変わっていないのかもしれない。

生まれたときにはあたりまえにそばにいた、父も母も亡くなった。長年の付き合いになった大学の教授たちも次々に他界し、同世代の友人たちもしだいに姿を消していく。幸子もいなくなった。

思えば、かつて軽井沢で暮らした文人たちも、さまざまな愛憎を抱えながらここである時間を過ごし、そしてこの世から去った。人というのはそういうものだ。

わたし自身、もうここに来るのは最後かもしれない。

そういうことを口にすると、拓也は決まって、大袈裟《おおげさ》だ、とか、またいっしょに行こう、と笑う。だが、自分で好きなように歩きまわることを考えるともう体力的に限界だ。それは自分でよくわかっていた。

タクシーでホテルに戻り、部屋でコートを脱ぐ。冷えた身体を温めるためにお茶を淹れた。

軽井沢タリアセンを一周しただけなのに、思ったよりも疲れていた。以前ならこんなことにはならなかった。情けない。身体全体がだるいし、ひどく眠かった。手紙室のワークショップまではまだ一時間半ある。ちょっと休んでおいた方がいいかもしれない。部屋着に着替え、ベッドに横たわった。

ワークショップまでに、手紙になにを書くか考えておかないと。軽井沢タリアセンのなかを歩いているとき、何度もそう思った。だが、考えても考えてもいい言葉が思いつかない。

いい言葉、か。思わず笑みがもれた。幸子が死んだいまになっても、かっこいいところを見せたいんだな。そういう自分がなんだかいじましく思えてくる。かっこつけないで自分の気持ちを書けばいいだけなのに。だんだんあれこれ考えるのが嫌になって、目覚ましをかけて、目を閉じた。

疲れていたのだろう、すぐに眠りに落ちた。深く眠っていたようで、夢も見なかった。だが、目覚ましが鳴る前に自然と目が覚め、起きると頭はすっきりしていた。身体のだるさもさほど気にならない。さっきはどうなることかと思ったが、これならワークショップも問題なさそうだ。

着替えて下に降りる。まだ三十分ほどあるから、手紙室の横にある蔵書室に寄ることにした。大杉コレクションの本たちは、もう何度も読んでいる。だが、あの本たちにもちゃんとあいさつをしておきたかった。

扉を開け、蔵書室にはいる。何人か先客がいて、ソファに腰掛け、ゆったりと本をめくっていた。いまは本を読むほどの時間はない。だが、宿泊客なら本は三冊まで借りられる。夜、部屋で読むために借りていってもいいかもしれない。とはいえ、ここにある近代文学関係の本はほとんど読み尽くしてしまっている。どうしたものか、と思いながら書棚を見てまわった。

歩きながら、この部屋が撞球室だったころのことを思い出した。撞球、つまりビリヤード。

大杉教授はビリヤードが得意で、慣れない我々も散々付き合わされた。食事のあとに教授に率いられ、この部屋で玉を突いた。みんなビリヤードなんてはじめてで、キューのかまえ方から教授に教えられた。

教授はほんとうは四つ球《よつだま》というキャロムテーブルでおこなう競技が好きだったみたいだが、銀河ホテルにはポケットと呼ばれるものしかなかった。数字のついたボールを台の隅にある六つの穴に落としていくゲームだ。

教授はなかなかの腕で、キューをかまえる姿もさまになっていた。手球が的球を飛び越えるジャンプショットも得意で、はじめて見た学生たちは決まって歓声をあげた。なかにはビリヤードにはまり、東京に帰ってからもビリヤード場に通い詰めるようになった者もいたが、わたしはあまり興味がなかった。だから、途中でここが蔵書室になったときはとてもうれしかった。

ふだんはあまり読まない現代作家の本棚の前に立つ。かつての同僚のなかには時代に寄り添って新刊を読み続けている人もいるが、わたしはなんとなく自分の子どもたちより若い世代が書いた本はどうにも読む気になれず、避けていた。

おもしろいものもたくさんありますよ、あたらしいものを読まないと、感覚が錆《さ》びつきますよ。新刊を読み続けている知人はそう言っていたが、錆びついたって結構、もうじゅうぶん年を取ったんだ、錆びついている方がむしろ自然だ、と開き直っていた。

読んだことはないが、著者名くらいは知っている。そんな本がならぶなか、一冊だけ見たことのない著者名が記された本があった。書き手の名前は上原裕作《ゆうさく》。「夜に想《おも》う」というタイトルだった。

上原……。

このホテルの経営者一族と同じ苗字《みようじ》。もしかして、親戚だろうか。本を棚から取り出す。水色の布張りの表紙。タイトルは箔押《はくお》しされている。いまどきめずらしい凝った造本だし、ここの一族の親戚が作った私家版かもしれない。名前を聞いたことがないのはそのせいだろう。

だが、その本の佇《たたず》まいに惹かれ、表紙をめくった。

＊

どこにも行かなくても、軽井沢の森にはなんでもある。若いころは遠くにもっと大事なものがあるような気がしていたが、きっとほんとうに必要なものはほんのわずかなんだろう。いや、もともと必要なものなんてないのかもしれない。わたしはなにかを得るために生きているんじゃない。

生きているというのは、たまたま命を与えられたということだ。世界全体からしたら命なんて小さなものだ。だがわたしたちにとってはそれがすべて。自分に与えられた命を精一杯感じること。それがどんなにしあわせなことか。森を歩くたびにそう思う。

＊

そうはじまっていた。エッセイか小説か、帯もなにもないので判別がつかない。それでも、なぜかその冒頭の文が心に染み入ってきた。

軽井沢の森にはなんでもある。

いまのわたしも、その気持ちがよくわかる。

時計を見ると、もう五時四十五分になろうとしていた。手紙室には十分前に来るように言われていた。本を借りるためには、フロントで手続きをしなければならない。そこまでの時間はなさそうだ。あとでまた来ようと本を棚に戻し、蔵書室を出た。

5

手紙室の扉は開いていた。なかにはいり、あたりを見まわす。インクの棚を見ると妙に胸が高鳴った。

「滝田さま、お待ちしておりました」

カウンターにいた旬平くんがお辞儀をする。

「なんだか緊張するね」

わたしは笑った。緊張しているのはほんとうだった。ずっと先送りにしていた幸子の手紙を目にするときが来たのだ。

「いま苅部を呼んでまいります」

旬平くんはそう言って、カウンターの裏にある扉を開けて、なかにはいっていった。ほどなく同じ扉から、背の高い男が姿をあらわした。

なんというか、派手な男だ。見るなり、そう思った。たしかに彫りが深い。整った顔立ちにしっかりした肉体。単なる細身ではなく、鍛えられている。華があり、少し気圧《けお》された。

「ようこそお越しくださいました」

苅部さんはそう言って、会釈した。自然でうつくしい動作だった。ほどよく礼儀正しく、ほどよくフランクだ。熟練した接客だと感じた。

「今日はお手紙の受け取りと、ワークショップ両方ですね」

苅部さんがわたしの顔を見る。瞳の色が淡かった。

「はい。よろしくお願いします」

軽く頭をさげ、預かり証を出す。

「家にこの預かり証がありまして。滝田幸子はわたしの妻なんです。一昨年亡くなりましたが」

「そうでしたか」

苅部さんは預かり証を受け取り、しげしげとながめた。

「この預かり証で受け取ることができるんでしょうか。昨日ここで聞いた話だと、ふつうは名前が書いてあって、名前を確認できる証明書が必要だとか」

「そうですね、ふつうは。しかし、この備考欄の記述では『この預かり証を持った人』とされていて、あなたはそれを持ってきている。条件を満たしていますから手紙はお渡ししてます」

苅部さんは軽く笑みを浮かべた。

「よかった。もしダメだって言われたらどうしようかと思いました」

ずっと先送りにしてきたというのに勝手な言い草だ。自分のことながらそう思う。だがやはりわたしはこの手紙が気になっていたのだ、と自覚した。受け取るのが怖かったのも、先延ばしにしてしまっていたのも、手紙の存在が大きかったからだ。

すべきことをすべて終えてからでないと、これを見ることはできない。そんな気がしていた。そう、つまり、これが自分の最後の仕事。もっとも重要で、だからこそ片手間にできることではないと感じていた。本はまだできていない。しかし、とりあえず書き終えた。だからもう逃げるわけにはいかない、ということだ。

「相当覚悟されてきたんですね」

苅部さんが微笑む。心を見透かされたようで、たじろいだ。

「大丈夫ですよ。幸子さんが望んだことですから」

幸子が望んだ……。その言葉でなぜかふいに疑問が浮かんでくる。幸子はなぜこんな書き方にしたんだろう。わたしに渡したいなら、単にわたしの名前を書けば良かったのではないか。

「でも、幸子はどうしてこんな書き方にしたんでしょうね。この書き方だと、預かり証さえ持っていれば、だれでもいいってことになりますよね」

「そうですね」

苅部さんがうなずいた。

「だいたい、この預かり証も、妻から渡されたわけじゃないんですよ。わたしは妻がこのワークショップを受けていたことも知りませんでしたし、手紙室のルールも知らなかった。しかも、これはふつうは見ないようなところに隠されていたんです。だれも気づかなかったかもしれない」

「そうなんですか、不思議ですね。預かり証はどこに隠されていたんですか」

苅部さんの言葉になぜかどきりとした。預かり証は写真立ての写真と蓋のあいだにあった。

幸子が遺影に使いたいと言っていた写真の裏に。

「写真立ての写真の裏にあったんです。最後に銀河ホテルに来たときに撮った写真です。妻はその写真をすごく気に入っていて、遺影にはこれを使いたい、なんて言って……。そのときは冗談半分だと思っていたんですけど、実際に妻が死んで遺影の話になったときに思い出して……」

そこまで言ってはっとした。幸子は知っていたんだ。自分が死んで遺影の話になったら、わたしがきっとあの写真立ての裏を開けると。

みんなあの写真を褒めていた。幸子らしい笑顔だと。だが、幸子が遺影にしたいなんていう話をしたのはあのときだけだ。わたしもそんな話はだれにもしていない。つまりわたししか知らなかった話だ。妻とわたしのふたりしか。

そして、メモリーカードは捜しても見つからなかった。あのときは時間が経ってどこかにいってしまったのだと思ったが、もしかしたら幸子が意図的に捨ててしまったのかもしれない。そうすればわたしが写真立ての裏を開けると思ったから。

「そうでしたか。幸子さんがわざわざ遺影の話をしたのも、預かり証を見つけてもらうためだったのかもしれませんね。ほんとうにその写真が気に入っていたのもあるんでしょうけど」

その言葉に、そうに決まっている、と思った。なぜいままで気づかなかったのか。

「幸子さんらしいですね。いたずら好きの少女のような方でしたから」

莉部さんが言った。

「幸子のことを覚えているんですか？」

「はい、覚えています。ここに来られるお客さまのことはたいてい覚えていますが、幸子さんのことはとくに記憶に残っています」

もう八年も前のことなのに？　莉部さんの顔をまじまじと見る。

——ここで手紙を書いているとき、自分の奥にあるものがはじめて見えたような気がして……。

昨日の夜、旬平くんがそう言っていたのを思い出した。

考えたらあたりまえのことなのに、この苅部という男と話すまで、幸子がなぜ写真の裏に預かり証を隠したのか、わたしは全然気がつかなかった。幸子はきっと、あの預かり証を自分が死んだあとに見つけてほしかったのだ。

でも、いつ？　死ぬ何年も前から幸子はとてもそんなことができる状態ではなかった。

「まずは手紙をお渡ししましょうか。ワークショップはそのあとの方がいいですよね」

苅部さんの言葉に深くうなずく。

手紙は幸子に書くと決めていた。まずは幸子の手紙を読まなければならない。幸子はもういない。それでも、わたしはその手紙の返事を書かなければならない。

「それではこちらにどうぞ」

苅部さんがカウンターの裏の扉を開ける。

「こちらが手紙の保管室になります。いっしょにどうぞ」

部屋にはいっていく苅部さんのあとについて、わたしもその部屋にはいった。細長く狭い部屋だった。こちらは落ち着いたグレーの壁で、表の手紙室にくらべると薄暗い。

「滝田さんはここが映画室だったころのことをご存じなんですよね。昨日、その話をしたと上原から聞きました」

「はい。わたしは学生のころからこのホテルに来ていましたから。蔵書室が撞球室だったころのことも知っています」

「そうでしたか。映画室だったころ、この小部屋は映写室だったんだそうです」

「なるほど、映写室」

なんとなく映画室のなかの位置関係を思い出し、うなずいた。

苅部さんは預かり証に書かれた番号を確認し、壁の棚と見くらべている。

棚にはずらりと書類のフォルダがならんでいた。これだけの人がここで手紙を書き、ここに預けたのか。手紙は心。旬平くんは昨晩、そうも言っていた。この部屋には、これだけの心が詰まっている。圧倒され、固唾を呑《の》んだ。

苅部さんがフォルダのなかのひとつを取り出し、一通の手紙を取り出した。

「こちらですね」

苅部さんの手には、白い封筒があった。表には、見覚えのある幸子の文字で「滝田健《けん》作《さく》様」と書かれていた。やはりわたし宛の手紙だった。なぜかほっとして、息をついた。

「では、あちらの部屋でお渡ししましょう」

あかるい手紙室に出る。苅部さんにうながされ、カウンターの前に腰掛けた。

「こちらが手紙です。どうぞお受け取りください」

目の前に封筒が置かれた。滝田健作様という、見覚えのある文字。きれいな紫色のインクで書かれていた。

「どうされますか。ワークショップは手紙を読んでからでも良いですし、手紙はあとで部屋に戻られてから読むのでも、どちらでも良いのですが」

「そうですね。いまここで読もうと思います。今日のワークショップでは、この手紙の返事を書こうと決めていましたから」

「そうですか。それなら先に読まないといけませんね」

「でも、ちょっと緊張します。わたしは家のことを全然しませんでしたし、子どもたちのこともまかせきりで。いま思い出そうとしても、妻がなにを好きだったかも、はっきり思い出せないんです。となりにいるのがあたりまえで、なのにちゃんと考えてなかったな、と」

　わたしの言葉に、苅部さんは軽く微笑んだだけだった。

「人がそばにいると読みにくいでしょうから、いったん外に出られてもかまいませんよ。昼間は中庭の椅子で読まれる方も多いです。あとは、蔵書室でしょうか」

たしかに蔵書室にはいくつもソファがある。本棚で区切られて、ほかからは見えにくい席もある。さっきも何人か先客がいたが、空いている席もいくつかあった。

「じゃあ、ちょっと外します。読み終わったらすぐに戻りますので」

「承知しました。ではこちらをどうぞ」

苅部さんはわたしの前にペーパーナイフを置いた。

「わたしたちはインクやペンの準備をしています」

ペーパーナイフを手に取り、わたしは蔵書室に向かった。客のほとんどが姿を消し、奥の壁際のソファの人だけになっていた。反対側の、壁と本棚の隙間にあるソファに腰掛け、封筒を見た。借りてきたペーパーナイフの刃先を差しこもうとして、手がふるえていることに気づく。

このなかに、幸子の心がはいっている。

やっぱり開けるのは怖いな。だが、ここまで来たのだ。開けるしかない。

思い切って刃先を入れ、封筒を開いた。なかから薄い便箋が出てきた。まだ手がふるえている。幸子と向き合うのは、ほんとうに久しぶりだと思った。

便箋を広げると、表書きと同じ、淡い紫色の文字が目に飛びこんでくる。

——手紙を取りに来てくれて、ありがとう。久しぶりですね。

手紙はそうはじまっていた。


こんなやり方でほんとに見つけてくれるのか不安でしたが、一度こういうのをやってみたかったんです。ミステリーみたいでしょう?

幸子のくすくす笑う声が聞こえたような気がした。

そうだった。幸子はミステリー好きだった。

子どもたちが小中学生だったころは、よく子どもたちといっしょにテレビの二時間ドラマを観ていた。美里が、お母さんはすぐ犯人がわかっちゃうんだよ、とぼやいていたのをよく覚えている。その人が登場したとたん、たぶんあの人が犯人だよ、と言い、最後まで観るとそれが当たっているらしい。

なにを根拠に犯人を見破っているのかはよくわからない。登場しただけで、まだたいしたことをしていないうちに言い当ててしまうのだ。ミステリーやミステリードラマに慣れているから、最初の数分でパターンがわかってしまうのかもしれない。

日本のテレビドラマの演出はわかりやすくできている。犯人にはこういう動き方をさせると決まっていて、幸子はただそれを読み取っていただけなのかもしれない。病気になる前の幸子の姿があれこれよみがえり、思わず笑みがこぼれた。

もう知っていると思うけど、わたしはどうやら認知症のようです。先日病院に行って知りました。少しずついろいろなことがわからなくなったり、忘れていったりするのだそうです。

次に続くその文章を見て、わたしは息を呑んだ。幸子を連れて病院に行ったのは、旅行の数ヶ月後のことだった。そこではじめて認知症のことを告げられたと思っていたが、手紙室でこの手紙を書いたということは、どうやら旅行の前からそのことを知っていたらしい。

知っていて、黙っていた。

だが、思えばあのとき、軽井沢に行きたいと言い出したのは幸子だった。幸子としては、いろいろなことがわからなくなる前に、軽井沢に行きたかったのかもしれない。

　あなたがこれを見つけるのが何年後のことかわからないですが、たくさん迷惑をかけたんだろうな、と思います。ごめんなさい。

その文章を読み、胸が詰まった。そういえば、医師に病名を告げられたときも、幸子はあまり動揺しなかった。帰り道にしきりと、ごめんね、迷惑かけるね、と謝り、混乱していたわたしは、幸子のそういう態度になぜか無性に腹が立って、黙ってしまった。

たぶん事態を受け入れられなかったのだ。幸子の方が不安に決まっているのに、突き放すように黙ってしまった。子どもっぽい甘えだ。そういう自分が情けなかった。

手紙にはむかしの楽しかった思い出が綴《つづ》られていた。軽井沢での出来事も多かった。子どもたちが元気に育ってよかった、ということもくりかえし書かれていた。そこにはわたしが恐れていたような愚痴は書かれていなかったし、病気の話も一切なかった。ただしあわせな日々だけが綴られていた。そして最後の方に「むかし深沢泰彦に夢中になってしまってごめんなさい」と書かれていた。

美里とわたしが騒いでいるのを見ていい顔をしていないのはわかっていたし、申し訳なかったと思っているけど、深沢泰彦はやっぱりかっこよかったから。でも、結局のところ、わたしにとってはあなたがいちばんだったと思います。

え？

あなたがいちばん、という言葉を目にして、手紙を取り落としそうになった。

いちばん？　いちばんだって？

なんだかくすぐったくて、胸がいっぱいになる。

これから徐々にいろんなことがわからなくなって、思い出せなくなっていくそうです。大事なものも思い出せなくなる。それがとても怖いし、さびしいし、きっとあなたもみんなもさびしい気持ちになると思います。ごめんなさい。いまのわたしは消えてしまうんでしょうね。それに、心臓もだいぶ弱っているらしいので、わたしの方がきっと先にこの世からいなくなると思います。ほんとにごめんなさい。

きっといまのあなたはひとりでここに来たんだと思います。もう少し若いころなら、痩せ我慢して、あたらしい人生を送ってください、と書くかもしれないけど、たぶんあなたもだいぶ年でしょうし、ずっとわたしのことを忘れないでいてくれたらうれしいです。

わたしが忘れてしまっても、わたしのことを忘れないでください。

ではまた。

胸が詰まって、涙があふれた。

忘れてないよ、全然。日ごろ思い出せないことはたくさんあるけど、全部胸のなかにあって、なにかを見れば思い出す。

涙をぬぐい、少し気持ちが落ち着いたとき、便箋がもう一枚あることに気づいた。

追伸　このインクの色、なんの色かわかりますか？　わたしにとってすごく大切なものの色。もしわかったら、今度会ったときに答えを聞かせてください。

めくると、最後の紙にそう書かれていた。

また謎かけか。うーん、と首をひねる。

インクの色……。この少し薄い紫のことか。

わたしにとってすごく大切なものの色？　なんだろう。こんな色の服を着ているのは見たことがないし、幸子が大事にしていたものってなんだろう。

この色、どこかで見たことがあるような気がする。だが、思い出せない。

立ちあがり、蔵書室を出た。

手紙を読み終わったときは胸がいっぱいで、もう今日はこれを受け取っただけでじゅうぶんだ、ワークショップを受ける必要はない、とも思ったけれど、やっぱり幸子に返事を書いておきたかった。

6

手紙室に戻ると、苅部さんと旬平くんが、お帰りなさい、と出迎えてくれた。

「では、ワークショップをはじめましょうか」

苅部さんが微笑む。

手紙を読んでどう思ったかという質問をされないことにほっとしていた。

旬平くんにうながされ、カウンターの前の椅子に腰掛ける。

「ではまず、手紙を書くインクの色を選んでいただきます。棚にあるインクのどれでもかまいません。一色にかぎらず、何色でも選んでいただけます」

何色？　文字を書くのに何色も使わないだろう、と思ったが、カウンターに置かれているフクロウの絵を見て、絵を描く人もいるのか、と納得した。

「それにしても、すごい数ですね。千本あると聞きましたが」

「はい。この手紙室をはじめたときは、そんな数はなかったんですけどね。続けるうちにどんどん増えて、棚も増設しました」

苅部さんがにっこり笑った。

「いまは赤系、黄色系、緑系、紫系……。幅広く取りそろえてあります」

「そうですか。万年筆は使うんですが、いつもブルーブラックと決めていて。古い人間ですから、文字を書くのは黒やブルーブラックでないと落ち着かないんですよ」

「そういう方も多いですよ。でも黒や濃い青にもさまざまな種類があります。せっかくですから、ゆっくりご覧ください」

そう言われて立ちあがり、棚の前に立つ。

瓶のなかのインクは濃い液体なのでどんな色になるのか想像できないが、瓶の前にサンプルが提示されていた。名刺サイズの小さな紙で、線だけではなく、丸く塗りつぶしたものや、水でのばしてにじませたものもあり、書いたときにどんな色になるかわかるようになっている。

苅部さんが言っていた通り、黒や青といってもいろいろな色みがあった。どれも似たようなものだと思っていたが、そうでもない。わたしがいつも使っているインクもあったが、せっかく来たのだから別の色を使ってみてもいいのかもしれない。

そういえば幸子の手紙の文字。あの色はなんなんだろう？　なんの色なのかまだ思い出せないが、ここで書いたということは、ここにあるインクを使ったということだ。返事を書くときに問いに答えられないのはまずい。インクがわかればヒントになるかもしれない。

そう考えて、紫系のインクのならんだ棚の前に移動した。紫といっても、濃いものから薄いものまでたくさんあった。青みが強いもの、ピンクに近いもの、あざやかなもの、くすんだもの。こうして見ると、幸子のインクは赤みの強い紫だったことがわかる。

サンプルの紙を見くらべながら棚の前を横に移動していく。このあたりの色が近いかもしれない、と思ったとき、足が止まった。

なぜかその瓶だけ手書きのラベルが貼られている。手書きの文字で「ライラック」と書かれていた。

ライラック。そうだ、これはあの花の色だ。

うちの庭のライラックの花が頭に浮かんだ。

「ライラックですね。そういえば幸子さんもこの色を使われてましたね」

横から苅部さんの声がした。

「覚えてらっしゃるんですか」

驚いて訊き返す。と同時に、当たりだったのだ、と思い、ほっとした。苅部さんに言われるより先に行き着いていたのだから、自分で探し当てたと言ってもいいはずだ。

「はい。このインクはわたしが調色したものなんです。手紙室をはじめたあと、いくつか自分で調色して作ったインクがあって、これはそのうちのひとつです。だから強く印象に残ってます。自分が作った色を選んでいただいたのがうれしくて」

苅部さんが微笑んだ。

「インクはその方の、そのときの思いで選ばれることが多いですから。手紙を送る相手のことを考えて、伝えたい気持ちを色にのせる方も多いですし」

伝えたい気持ち……。幸子が、わたしに？

「皆さん、すべてを話してくれるわけではないんです。色を選ぶお手伝いをすることはありますが、こちらも深く訊くことはありません。手紙の内容もですが、それらはみな、手紙を書く方の心の大事な部分ですから」

「幸子はなにか言ってましたか、この色を選んだときに」

「ええ。以前、このホテルの園芸市でライラックを買ったとおっしゃってました。それで、門から玄関までのアプローチに植え替えたんだと。ほかにもいろいろな鉢植えを園芸市で買ったけれど、ライラックだけは特別なんだ、ともおっしゃってましたね」

ライラックだけは特別？　幸子からそんな話を聞いたことはなかった。たしかに毎年きれいな花を咲かせていたけれど、いちばん好きな花だという話は聞いたことがない。

――幸子はどの花がいちばん好きなんだ？

いつだったか、そんな質問をしたことがあったのを思い出した。

――どれがいちばん？　そんなこと、わからないわねえ。考えたこともなかった。

幸子はそう答えながら、空を見あげた。

そうだ、あれは外だった。うちの庭、いや玄関前のアプローチだ。

――花は季節ごとに変わるでしょう？　季節ごとに気分も変わるし、どれが好きかも変わるのよね。春にはやっぱり梅や桜がきれいだな、と思うし、夏になれば芙蓉《ふよう》やひまわりみたいな花もいいな、と思う。秋は秋の花があるし。いちばんなんて決められないでしょう。

幸子は笑った。手に鋏《はさみ》を持っていた。

そうだ、あの日は、ライラックの追肥をしていたんだ。

急に記憶がよみがえってきた。たしか六月半ばの日曜日のことで、ライラックの花が終わったから追肥をすると言って、幸子は外に出た。わたしもその日は出かける予定も差し迫った仕事もなかったから、なんとなく幸子について外に出た。

それではじめはぼんやり幸子が作業するのをながめていた。幸子は、剪定《せんてい》や追肥の方法を説明しながら作業を進めていて、暇だったわたしは途中から幸子を手伝った。

梅雨にはいる少し前の、よく晴れた日だった。

ライラックという植物は日当たりを好むが西日を嫌う。本来地植えなら水やりは不要らしいが、もともと涼しい地域の植物なので、植栽の南限にあたる関東地方では夏場は朝に水やりをした方がいいのだそうだ。追肥は花が終わった六月ごろ。新芽にはアブラムシやカイガラムシがつくことがあり、駆除が必要だ。萌芽《ほうが》力が弱いので、剪定はあまりしない方がいい。

幸子の説明を聞きながら、園芸とはなかなか面倒なものなのだな、と思った。植物によって手入れの方法もちがうようだし、この庭にあるさまざまな植物の手入れをすべて覚えるなんてできそうにない。そもそもわたしにとってはどれも「木」や「草」でしかなく、見分けもついていなかった。

それでもそのときさんざん説明を聞いたせいか、ライラックのことだけは少しわかるようになった。花が終わったあと、わたしの方から幸子に、今年は追肥をしなくていいのか、と訊いたり、作業を手伝ったりもした。

もしかして、それでなのか。

幸子にとってライラックが特別なのは、わたしが毎年作業を手伝っていたから？

ぼんやりとライラックのインク瓶を見つめる。

幸子が手入れをできなくなってからも、ライラックの世話だけはしていた。そのたびに、いっしょにライラックの手入れをしているときの幸子の笑顔を思い出した。

幸子がだんだん変わっていくのを見ながら、もともとの幸子は消えていくんだ、と思っていた。だがときおりもとの幸子のような表情を浮かべるときがある。そのたびに、幸子のなかにどれくらいもとの幸子が残っているんだろう、と思ったりもした。そういう考え方自体がこちらのわがままに過ぎないとわかっていても。

だがしだいに、いまの幸子も幸子なのだと思うようになった。

「インク、試されますか？」

苅部さんが訊いてくる。

「ええ」

そう言ってうなずいた。わたしもときどき万年筆を使うからわかる。インクというのは、書いた瞬間はまだ液体だ。だから書いてすぐのときはつやっと光る。それからすっと紙に染みこむ。このインクがどんな変化をするのか、見てみたかった。

「いいえ、でも、自分がこの色のインクで手紙を書ける気はしませんね。どうにもかわいすぎて、気恥ずかしい」

わたしは笑った。

「そうですか。ブルーブラックに慣れていらっしゃる方だとそうかもしれませんね」

苅部さんも笑った。

「でも、このインクは試してみたい。手紙を書いたときに幸子が目にしたものを、わたしも見てみたいから。いいですか」

「もちろん。何色でもお試しいただけます」

苅部さんがにっこり微笑んで、ライラックのインク瓶をカゴに入れた。

「黒やブルーブラック系はあちらの棚です。種類がかなりありますよ」

苅部さんに案内され、黒いインクの棚の前に立つ。さすがに黒はどれも同じだろうと思っていたが、そうでもない。もちろんばらばらに置かれていたら見分けられないと思うが、黄みがかったもの、赤みがかったもの、漆黒に近いもの。となりにはグレーのインクもならんでいた。こちらは色みのバリエーションがさらに多い。

だが、見ているうちに、黒やグレーは気持ちとそぐわない気がした。もう少しだけ……。なんだろう、もう少しだけあかるさがほしい。なぜかはわからないがそう思った。

それで、ブルーブラック系の棚の方に移動した。

ふだん万年筆で使っているパイロットのBlue Blackもあった。大学で講師に就任したとき父からもらったパイロットの万年筆を、わたしはいまも使い続けている。いつものBlue Blackのインクを入れていた。

これならまちがいなく気持ちに馴染む。だけど今回はちょっとちがう色を使ってみたい。求める色がわからないまま、ネイビーブルーの棚の前に移動した。あかるさのある青を見て少し心がはなやぐのを感じた。落ち着いているけれど、光を感じる。でも、ここまであかるくなくてもいいか。それにもう少しくすんでいる方がいい。

どの色を見ても、その奥に風景が広がる。色というのがこんなにも心に染み入ってくるものだとは。自分で書いてみないとわからないところもあるし、苅部さんから渡されたカゴに、試し書きのためにインクをいくつか入れた。

セーラー万年筆のブルー。プラチナ万年筆のBLUE BLACK。夜空（Yötaivas／ユオタイヴォス）という不思議な名前のインク。どれもわたしがいつも使っているパイロットのBlue Blackよりあざやかな色調だ。それから、少し緑がかったEquinoxe6とTwilight。微妙なちがいだからこそ余計に気になる。このままだと手紙を書く時間がなくなりそうで、そこまでにした。

インクを入れたカゴを持ってカウンターに戻ると、小瓶とつけペン、水のはいったビーカーと紙ナプキン、試し書き用の紙が置かれていた。

「では試し書きをしてみましょうか」

　苅部さんはそう言って、わたしの持ってきたインクを少しずつその小瓶に取った。

「色を変えるときは、ペン先をこのビーカーの水で洗ってください。似た色はあとでわからなくなってしまいますから、小瓶の下に紙を置いて、最初に紙にインクの名前を書いておくといいですよ」

　苅部さんはどれがどの色かわかるよう、小瓶のうしろにそれぞれのもとの瓶を置いてくれた。

　木の軸に金属のペン先のついたペン。これをインクにつけて書くのか。ペン軸を握り、まずはライラックのインクにペン先をつけた。つきすぎたインクを紙ナプキンでぬぐい、試し書きの紙に線を引く。きれいな紫色の線がのびた。

　きれいだ。思わず息がもれた。濡《ぬ》れた線が光り、やがてすっと紙に染みこむ。その一瞬の変化が生き物を見ているようだった。

　ペン先を洗い、自分が使うインクを選ぶため、まずはセーラー万年筆のブルーにペン先をつける。線を引く。それから順に、持ってきたインクを試した。少しずつちがうが、どれもうつくしい。ひとつに選ぶのはなかなかむずかしい。

　だが最後にTwilightのインクを使ったとき、これだ、と思った。濃く、深みのある色。

くすんでいるが、あたたかみがあった。暮れたあとの空みたいに。

最後に銀河ホテルに来たとき、幸子と部屋のベランダで夕日を見た。もう秋分も近づいて、夏にくらべるとだいぶ日が短くなっていた。空の色がだんだん変わっていくのを幸子は飽きもせずじっとながめていた。

空がすっかり暗くなっても、幸子はまだしばらくベランダに座っていた。これはそのときの空の色によく似ていた。もう真っ暗に近づいているが、夕日の名残で少し黄みが残った空。あのときも、幸子は知っていたんだな。これから少しずつ、もとの自分を失っていくことを。

「インクは、これにします」

わたしは苅部さんに言った。

「Twilightですね。わかりました。便箋はあちらにご用意してあります」

苅部さんはそう答え、部屋の真ん中にある机を指した。図書館の机のように卓上に仕切りがあってひとりひとり独立した作りになっている。そのひとつに便箋が準備されていた。

「まず鉛筆で下書きされる方もいらっしゃいますので、下書き用の紙も置いてあります。自由に使っていただいてかまいません」

苅部さんの言葉にうなずいて、机の前の椅子に腰をおろした。下書きか。ほかのことはさっぱりだが、文章を書くのだけは慣れている。時間もあまりないし、ここはぶっつけ本番でいこう。

そう思い、ペンを取った。Twilightのインクにペン先をつける。


久しぶりだね。ちゃんと手紙を取りに来たよ。

それに、インクの色もわかった。ライラックだね。うちのアプローチに咲いていたライラックの色だ。


そこまで書いて、息をつく。Twilightで書いた自分の文字を見おろしてから顔をあげると、前に幸子の姿が見える気がした。微笑みながら、わたしの目をじっと見ている。


あのライラックはいまも毎年ちゃんと咲いているよ。でも、ほかの植物のことはよくわからなくて、みんな枯らしてしまった。すまなかったね。

あのライラックもいつまでもあそこで咲き続けることはできないと思う。子どもたちはもうみんなそれぞれ家もあるし、あの家を継ぐ人はいない。わたしもひとりで暮らすのがむずかしくなったら、あの家を離れるかもしれない。

孫たちがひとりだちして部屋が空いたからうちにおいで、と拓也からも言われている。迷惑をかけたくはないから、施設に行くかもしれないけどね。いずれにしても家は処分することになるだろう。あのライラックを植え替えるのはむずかしいだろうから、そのときは申し訳ない。

わたしが書きたいのはライラックのことじゃないのに。筆を走らせるとそんなことばかり書いてしまう。もうあまり時間がない。幸子が近くにいてくれる。幸子の存在を感じられるうちに、大事なことを伝えないと。

手紙を読んで、久しぶりに幸子に会えた気がしてうれしかったよ。

わたしはさびしかったんだ。幸子に会いたいとずっと思っていた。

深沢泰彦のことも悪かった。たぶん焼き餅だったんだ。大人気ないね。スターに勝てるわけなんかないのに。君のいちばんになりたかったんだね。

だから、手紙を読んですごくうれしかった。

わたしにとって、君はいちばんだったから。もちろん君は知っているだろうけど。

ここに誘ってくれてありがとう。君はきっと、わたしをここに連れてきたくてこんな仕掛けを作ったんだね。大事なことをたくさん思い出したよ。ライラックのことも、最後にここに来た日、ふたりで夕日をながめたことも。

いまわたしはTwilightというインクで君に手紙を書いている。あのときわたしたちは、ふたりでトワイライト、黄昏に包まれていた。

いつまで生きられるのかわからないけれど、いまが人生の黄昏であることはまちがいない。わたしはいまもあのときの黄昏のなかにいるんだ。見えないけれど、たぶん君もいっしょにいる。

もちろん、死ぬまで忘れないよ。

じゃあ、また。

自分の名前を書き、ペンを置く。深く息を吸って前を見る。幸子の姿はどこにもなかった。

7

「書き終わりました」

もう一度手紙を読み直してから、カウンターにいる苅部さんに声をかけた。苅部さんは軽くうなずき、ゆっくりと立ちあがる。

「よろしいですか？　まだ十分ほど時間はありますが」

「ええ。もうじゅうぶんです。書きたいことはみな書きましたから」

わたしがそう答えると、苅部さんは微笑んだ。

その笑顔を見て、どこかで会ったことがあるような気がした。彼はずっとこのホテルに勤めているようだし、会ったとしたらここでなんだろう。でも、記憶がない。ホテルのアクティビティには参加したこともないし……。

「そうしたら封筒をお渡しします。便箋を入れて封をしてください。旬平くん」

苅部さんが旬平くんを呼ぶ。旬平くんはいったん保管室にはいり、封筒を持って出てきた。旬平くんから渡された封筒に便箋を入れて封をした。

「手紙はどうされますか。持ち帰ることもできますが」

旬平くんが言った。

「こちらに預けます」

わたしは迷わず答えた。

「あとになってだれかに渡すこともできますが、指定されますか」

「それもけっこうです」

「こちらはずっと先のことだと思いますが、万が一このホテルがなくなるときにはどうされますか。指定した先にお送りするか、こちらで処分するか。どちらかを選んでいただくことになっているのですが」

「処分してください」

それも迷わず答えた。あれは幸子に向けて書いた手紙だ。幸子以外の人に渡す必要はない。

旬平くんは書類になにか書きこみ、手紙といっしょにフォルダにはさんだ。

「では、こちらでお預かりします。保管室の棚に入れますが、いっしょにご覧になりますか」

苅部さんに言われ、うなずいた。


ふたたび保管室にはいり、棚を見あげた。棚にずらりとならんだフォルダ。ここにはこれだけの心が眠っている。そう思うと気が遠くなった。

苅部さんがならんだフォルダのいちばん端にわたしのフォルダを立てた。

「ああ、すみません」

思いついたことがあって、わたしは苅部さんに話しかけた。

「あの、いったん受け取った手紙を、またこちらの棚に収めてもらう、ということはできるんでしょうか」

「いったん受け取った手紙を？」

「はい。先ほど受け取った幸子の手紙、まだしばらくはいっしょにいたいと思うんですが。ただ、時が来たら、もう一度こちらに送って……その……」

うまく言えず、言い淀《よど》む。苅部さんはじっと黙ってこちらを見ている。

「さっきのわたしの手紙といっしょにここで預かってもらいたいんです。二通いっしょにしておきたくて」

そうすればわたしが死んだあとも、手紙はここでいっしょにあり続ける。

「承知しました。そういうことでしたら、もちろん」

苅部さんがうなずいた。

「もしかしたら、そのときわたしはもうここに来られないかもしれません。郵送でもいいでしょうか」

拓也か美里にわざわざここまで来てもらうのは気が引けた。封筒に切手を貼って準備しておけば、あとは投函してもらうだけだ。それならたいした手間ではないだろう。

「かまいません。ではそのことも書類に残しておきましょう」

苅部さんはそう言って、フォルダを取り出した。なかの書類を取り出し、追記する。

「こちらで良いでしょうか」

滝田健作氏から手紙の送付があった場合は、このフォルダにいっしょに保管することとする。

書類にそう書かれているのを見て、わたしはゆっくりうなずいた。

あかるい手紙室に出て、旬平くんが持ってきてくれたお茶を飲んだ。

昨日ワークショップを受けることを決意してよかった。たしかに旬平くんの言った通りだ。ここに来たおかげで、これまで見えなかったことが見えた。きっとこの苅部という男の力なんだろうとも感じた。会話を思い返しても、彼がなにをしたのかはよくわからないが。たしかにこれは習得するのがむずかしい。

「旬平くん、ありがとう。ワークショップを受けてよかったよ。君が勧めてくれたおかげだ」

「そうですか。よかったです」

旬平くんがうれしそうに微笑んだ。

「そういえば、旬平くん、上原裕作という人のことを知っているかな。さっき蔵書室でその人の書いた本を見かけたんだが、同じ上原という苗字だし、親戚かな、と」

「それは、僕の父です」

旬平くんが言った。

「お父さん？」

驚いて訊き返した。旬平くんが子どものころに亡くなったという……。

「はい。実は僕の父は文学を志していて……。その道に進むのはあきらめて、このホテルで働いていたんですが、途中で身体を壊してしまって。療養中に書いたものを、父の死後に祖父がまとめて本にしたものなんです」

「そうだったのか。いや、きれいな本だったから手に取って、少し読んだらとてもよかったんだ。ここを出たあと、借りに行こうと思ってたんだよ」

「ほんとうですか。それはとてもうれしいです。滝田さまのような文学先生に読んでもらえたら、父も喜ぶと思います」

旬平くんが言った。長いこと銀河ホテルに世話になって、なんでも知っている気になっていたが、知らないことばかりだな。苅部さんのことも、手紙室のことも知らなかったし、あの本のことも。

「いや、わたしはそんな大層なものではないが……。でも、このあと蔵書室で借りて、滞在中に必ず読むよ。あとで感想も送ろう」

「ありがとうございます」

旬平くんが深くお辞儀した。ずっと文学を研究して生きてきた。もう無用のものだと思ったりもしたが、少しは役に立つかもしれない。

「苅部さんもありがとうございました。おかげでこれまで見えなかったことが少し見えました」

うしろにいる苅部さんにもそう言った。

「見えなかったことが？　それはよかったです。ただ、わたしはなにもしていませんよ。もしなにかが見えたのだとしたら、それは幸子さんが見せてくれたんじゃないですか」

苅部さんが笑う。やはりどこかで会った気がする。訊いてみようかとも思ったが、銀河ホテルには何度も来ているのだから、これまでにどこかですれちがっていてもおかしくはない。わざわざ訊くほどのことでもないか、と言葉を呑みこんだ。

「幸子が。そうですね、わたしもそう思います。彼女はミステリーが好きだったんです。そのことを思い出しました。あの写真のことだって……」

そこまで言って、はっとした。

この人、もしかして、あのときの……。

記憶がよみがえってくる。最後に銀河ホテルに来たとき。帰りにホテルの外に出て写真を撮ろうとしていたときだ。派手な顔立ちの男が出てきて、写真を撮りましょうか、と言った。

私服だったし、てっきり宿泊客だと思ったが、あれはこの人……？

「もしかして、あの写真を撮ってくれたのは、苅部さんですか」

わたしが訊くと、彼は含み笑いをしながらうなずいた。

「でも、それならどうして……。幸子はあの前日にここのワークショップを受けていたんですよね。だったら苅部さんのことを知っているはずなのに……」

おたがいに顔を知っていたはずだ。それなのにふたりともはじめて会ったような顔で……。

「もしかして、あの写真も頼まれたんですか、幸子に」

「ええ、そうなんです。手紙を書いたあと雑談していて、幸子さん、自分は写真うつりが悪くて、気に入った写真が一枚もないんだ、と。それで、僕が撮りますよ、って言ったんです。ポートレートにはちょっとしたコツがあって、僕はそれをよく知っている。絶対気に入る写真を撮りますから、って。そしたら、じゃあ、ホテルの人だってわからないようにしてください、って言われて」

「ホテルの人だとわからないように？」

「なんでそんなことを言うのかはわからなかったんですが、お客さまのおっしゃることですからね。おふたりが帰る時間はそのときに幸子さんに聞きました。あのころはまだ手紙室もそこまで予約でいっぱいじゃなかったので」

苅部さんが笑った。

「そんな……。だからどこかで見たことがあるような気がしたのか」

「でも、ちゃんと約束通り、いい写真だったでしょう？」

苅部さんが言った。

「はい。幸子はとても満足していました」

いい写真だった。ほんとうに。幸子の魂までうつっている気がした。

「それは、よかったです」

「ワークショップにも満足していたんだと思います。ありがとうございました」

わたしは深く頭をさげた。

「よかったです。ほんとうに。お手伝いできたなら、うれしいです」

苅部さんはにっこり微笑んだ。なんだかすっかり騙《だま》されたような、でもそれが心地よいような不思議な気持ちだ。くすくすっと笑っている幸子が見えたような気がした。

外は日が暮れて、すっかり暗くなっている。部屋で少し休んだら、夕食に行こう。

あと少し。いつまで続くかわからないけれど、そのときが来るまで幸子の思い出とともに生きよう。長い黄昏の時間に身体を浸しながら。

第2話　光り続ける灯台のように　Vert Atlantide

1

「なるほど、これはたしかにいいホテルだ」

車から降り、銀河ホテルの建物が見えたとき、そんな言葉が口からこぼれた。レンガ造りの雰囲気のある建物。外観を見ただけでもいいホテルなのがよくわかる。慎重派の楠原《くすはら》先輩が褒めるだけのことはあるな、と思った。

楠原先輩とは会社の同僚である。同じ部署の三年先輩。

数ヶ月前、部署の女性社員四人が集まったランチの席で、旅行の話が出た。いちばん年上の山本《やまもと》先輩がハワイや沖縄のリゾートホテルについて話したあと、楠原先輩が軽井沢の銀河ホテルの名前をあげた。

——銀河ホテル、知ってます！

楠原先輩のひとつ下の野村《のむら》先輩が言った。

——行ったことはないけど、前に雑誌で見ました。すごく素敵な建物で……。

——わたしもどこかで見た。イギリス風の建物のホテルでしょう？

山本先輩が言う。

——そうなんです。ホテルになったのは戦後なんですけど、建物自体は戦前に当時の実業家が別荘として建てたものらしくて。イギリスの宿みたいな趣があるんです。

楠原先輩が答える。

——戦前の建物？　すごいね。クラシックホテルってこと？

山本先輩が言った。

——そうですね、でも、ゴージャスで格式ばったホテルじゃないですよ。イギリスの田舎の宿の雰囲気っていうか。英語で言うなら、innですね。建物だけじゃなくて庭もイギリス風で、一階にはパブがあるんです。

——イギリス風の庭って、イングリッシュガーデンってこと？

——イングリッシュガーデン……。正確にはわからないですけど、たぶんそういうのだと思います。建物の表じゃなくて裏にあって、外からは見えない。宿泊客とレストランで食事をした人しかはいれないいんですが、想像よりずっと広くて驚きました。

——へえ。裏庭か。素敵だね。

——西洋風の庭園で、バラがたくさん咲いてました。いろんな種類があるんですよ。ひとつひとつ名前がついていて……。園芸好きの母は大喜びで。それに、迷路になった植栽もあったり。映画に出てくるような庭でした。

楠原先輩が楽しそうに話す。

——従業員もフレンドリーだし、料理も素朴だけどおいしいんです。客室の内装もめちゃラブリーで、古いイギリスの邸宅の一室に泊まったみたいな気分になれました。

——それはちょっと泊まってみたいね。

山本先輩の言葉に、みんなうなずく。

——藤本《ふじもと》さんは？　これまで行ったホテルで、よかったところってある？

急に山本先輩に話しかけられ、答えに困った。いいホテル。いいと思ったホテルはいろいろある。だが、先輩たちに理解される自信がない。なにしろわたしがいいと思う場所は有名でもゴージャスでもなかったから。

会社の同僚には内緒にしているが、わたしはＳＮＳで旅の写真を公開している。maimaiというアカウントで、紹介するのは特別な観光資源のないふつうの町だ。

観光客が増えて外部の資本がはいると、町はどこも似たような雰囲気になってしまう。ふつうの町の方が、その町固有の雰囲気を味わえるのだ。だから、いわゆる有名観光地には行かないし、有名なホテルに泊まったこともない。

——よかった宿っていうのはいろいろあるんですけど、どこも有名じゃないんです。わりと行きあたりばったりで旅行することが多くて……。

——行きあたりばったり、って、予約しないで行くってこと？

山本先輩が目を丸くした。

——そうですね。前日に電話することもありますけど。

——それで宿取れるの？

——選ばなければわりと取れます。たいていひとり旅ですし。

——ええっ、ひとり旅？

野村先輩が信じられない、という顔になる。

——行き先は？　有名なところじゃないって言ってたけど、どうやって決めてるの？

——関東近郊が多いんです。日帰りとか一泊二日で行けるところとか。朝、適当に電車に乗って、気になる町で降りて、そこで宿を探すとか……。行き帰りに見かけて気になった町があれば、次の機会に行ってみる、とか。

——藤本さん、行動力があるんだね。

野村先輩が驚いたように言う。

——そうか、藤本さん、大学は観光学部だったんだよね。それで旅慣れてるのか。行きあたりばったりのひとり旅ってちょっと憧れるけど、ハードル高いよね。聞いたことない場所にチャレンジするには勇気がいるし。

楠原先輩が言った。

——そうだよねえ。

山本先輩がうなずく。

——旅行ってお金も時間もかかるし、失敗したくないって思っちゃうから。

楠原先輩が言った。

——そうそう。行きたいところ、食べたいもの、ほしいもの、いろいろあるけど、先立つものが……。

——わたしが行くのは近場ですし、宿も安いですから、そんなにお金はかからないですよ。

わたしは言った。旅先では周辺を散策しているだけだし、立ち寄るお店もカジュアルだ。泊まった場所の写真をアップすることもあるが、どれも高級ホテルじゃない。長く営業している庶民的なホテルだ。

——でも、宿泊費っていくら安くてもそれなりにするでしょ？　安いところにはハズレも多いし。それだったら回数を減らして、確実にいいホテルに泊まった方がいい、って思っちゃうんだよね。

——そうそう。わたしは予約する前にネットでその地域のホテルを徹底的に調べちゃう。せっかくお金をかけて行くんだから、ちょっとでもいい宿に泊まりたいし。値段より満足度を優先することが多いかな。

――値段がちょっと高くても、おトク感のあるところに泊まりたいもんね。わたしは口コミとかも全部見ちゃう方。

――わかります。口コミだってサクラややらせもあるだろうし、信用できないとは思うんですけど。

先輩たちが口々に言う。

――とにかく、後悔するのがいやなんですよ。良さそう、と思って決めたのに、行ったらがっかりだった、っていうのはダメージが大きすぎるし。

――そうなんですよ。ＳＮＳの投稿なんかに騙されることもありますよね。ほんとはしょぼい部屋がめちゃかっこよく撮られたりしてて、ああいうのって、写真を加工してるんですかね。

野村先輩がぼやいた。

――いまはなんでもできるからね。顔の写真だってあてにならないもん。

楠原先輩が笑う。

――失敗するのが怖いから、結局、何度も行ったことがあっても確実に楽しめるとわかってる場所を選んじゃったりもするよね。

――貧乏性ってことかもしれません。損をしたくないんです。

野村先輩が苦笑いした。

——さっき楠原先輩が言ってた銀河ホテルにはちょっと行ってみたいですね。

——そうだね。そこは失敗がなさそう。

山本先輩もうなずいた。

——そうですね、あそこは自信を持っておすすめできます。好みは人によってちがいますけど、あのホテルならかなり多くの人が満足してくれると思うんですよ。オーソドックスな雰囲気で、いまの流行とはちょっとちがうかもしれないけど。すごく落ち着くんです。安くはないけど、それだけの価値があるなあ、って。

楠原先輩が言った。

——「蔵書室」っていう本がたくさん置かれている部屋があって、そこもまた居心地が良くて。そのとなりには「手紙室」っていう部屋もあるんです。

——手紙室？

山本先輩が訊いた。

——そう。手紙を書くための部屋。千色のカラーインクがあって、それを使って手紙を書けるそうで、そのためのワークショップがあるらしいんですよ。わたしはほかの予定があったから受けられなかったんですけど、母が受けて、すごく良かったって言ってました。

楠原先輩の言葉を聞きながら、なるほど、と思った。少し前からカラーインクはブームになっている。先輩はいま風じゃないと言っていたけれど、そこに目をつけたのだとすれば、ちゃんと時流をつかんでいる。

カラーインク千色にはたしかに心惹かれる。でも、ワークショップっていうのはどうなんだろうな。手紙って、本人が自主的に書くものなんじゃないか。なにか教えて受講料を取るというのは邪道な気もした。

——迷っていることがあるときに受けるとすごく効くんじゃないか、って。

——へえ。どんなワークショップなんだろ？　ちょっと受けてみたい気もするけど、子どもがもう少し大きくなってからかなあ。

山本先輩がそう言ったところでランチタイムが終わり、みんなで会社に戻った。

会社の帰り、電車のなかでひとり昼間の話を思い出していた。

みんな、わたしとは考え方がちがうんだな、と思う。先輩たちの考えていることの方がふつうで、わたしの方が変わっているのだということはわかっていた。みんな日々忙しいのだ。

山本先輩はお子さんがいらっしゃるし、夫婦ふたりの休暇を合わせるのもむずかしいと言っていた。取れるのはせいぜい盆と正月くらい。正月はふたりの実家に行くので終わってしまう。それにお子さんがまだ保育園児だから、旅行といっても行ける場所はかぎられる。結局プールで遊べるリゾートホテルになってしまうらしい。

楠原先輩も結婚していて、家を買う資金を貯《た》めていると言っていた。夫婦で旅行に行く場合はおたがいの意見のすり合わせも必要だろう。野村先輩は独身だが、資格を取るために専門学校に通っているらしい。だから、学費もかかるし、時間もない。

週末にひとりでふらっと旅行に出られるのは、実家住まいで独身、ほかにとくにすることもないわたしくらいのものなんだろう。

大学では観光学部にいた。ひとり旅をするようになったのは大学生になってからだが、よく家族旅行をする家に育ったので、観光そのものに興味があった。大学で学ぶうち、おもにまちづくりを研究する教授の授業に出てきたエリアリノベーションに興味が出て、その教授のゼミにはいった。

エリアリノベーションというのは、建物や伝統文化など、地域の潜在的な資源を用いてエリア全体を活性化するという考え方だ。城や神社、寺など点としての観光スポットではなく、町をひとつの面としてとらえ、全体を関連づけて活性化する。

わたしがとくに興味を持ったのは、昭和の商店街や住宅だった。郊外型ショッピングモールの出現もあり、昭和期にできた商店街はどこもさびれ、シャッター商店街化している。だがそこにも独特の味わいがあり、活性化しようとする動きもあった。

授業の一環ではじめてそうした建物を訪れたとき、もう取り壊されてしまった祖父母の家を思い出し、なつかしさを感じた。この良さをもっと多くの人に紹介したい。エリアリノベーションのゼミにはいったのもそれが動機だった気がする。

地元の人たちとのやりとりも楽しく、卒論の評価も高かった。だが、エリアリノベーション関係の仕事につくことはできず、結局、観光とはまったく関係のない、会計ソフトを作る会社に就職した。

入社当時は仕事を覚えるので精一杯だったが、慣れてくるとその日常に物足りなさを覚え、週末になると、大学のときによく訪れていた古い商店街や町並みを見に出かけるようになった。そして、そこで撮った写真をＳＮＳで公開するようになったのだ。

興味の対象は昭和の雰囲気を残す風景。都心部や、発展している土地は再開発されてしまうので、そうした風景はあまり残っていない。有名観光地もそうだった。あたらしいものに上書きされ、塗り替えられていく。

なんでもないふつうの町や、昭和の一時期なにかの産業や観光で栄えたが、のちに廃れてしまった場所に、そうした風景が多く残っていた。いまのガイドブックやネットには情報がほとんどなかったが、だからこそ発見の楽しみがあった。

週末には必ずあちらこちらの町に出かけ、ＳＮＳに投稿するようになった。世の中には似たような趣味の人がいるらしく、フォロワーは少しずつ増えていき、マイクロインフルエンサーと呼ばれるようになった。

しだいにレストランや宿から、SNSを見てうちの趣旨と通じるところがあると感じた、ぜひ一度うちに来て写真を撮ってほしい、という依頼が来るようになった。どんなところか気になって、何度かこっそり足を運んだ。見当ちがいだろう、と感じることもあったが、わたしの意図と合致していると感じることも少なくなかった。

味わいのある建物なのに宣伝費用が取れずに苦戦しているところも多く、協力できるならと思って、積極的に紹介するようになった。それを見て訪れるフォロワーもいるようで、店や宿の人から、maimaiさんの投稿は効果絶大でした、若い女性客がすごく増えました、と感謝されることもあり、悪い気はしなかった。

依頼が来たら、店や宿のサイトやSNS、ネット上のマップなどで下調べをして、うまくいきそうな場合は返信する。宿泊料や飲食代を持ってくれるところもあり、依頼を受けて出かけることも増えた。

副業というほどのものではないし、休日の活動を禁止する規定はないけれど、会社の上層部に知られたら面倒なことになるかもしれない。だから会社の人には一切話さないようにした。

バッグからスマホを取り出しSNSの自分のページをながめる。スクロールすると、次々とかつて撮った写真が出てくる。

これはわたし自身が積みあげてきたものだ。

息をつき、目をあげる。窓の外に風景が流れていく。

会社で昇進する見込みもないし、転職したり独立したりできるほどの能力もない。いつのまにか、ＳＮＳの活動だけが心のよりどころになっていた。ここでがんばるしかない。そう思いながら、スマホをバッグにしまった。

2

そんなある日、事件が起こった。わたしが半年くらい前にアップした投稿に嘘《うそ》がある。ＳＮＳ上でそう告発され、瞬く間に拡散されてしまったのだ。

わたし自身、告発を見たときは青ざめた。それがある意味真実だったからだ。

関東近郊の海沿いにあるそのホテルは、昭和期にできた観光ホテルで、当時の面影をあちこちに残していた。ホテル側が準備してくれた部屋もなかなか味わいがあり、写真を投稿したところ、ＳＮＳでの反応もまずまずだった。

ところがその後のホテルとのやりとりで、その部屋にあった家具は撮影のためにどこかから借りたものだということがわかった。従業員がうっかり口をすべらせたのだ。裏切られたような気持ちになったが、契約を交わしたわけでもないから、抗議することもできなかった。

わたしがメインに使っているSNSではとくになにもなかったのだが、ほかのSNSに転載され、実際のその部屋の比較画像付きで流された。「実際のこの部屋はこれ。演出ご苦労様です」と揶揄《やゆ》されている。

そのポストに「騙されるところだった」「この手のインチキ多いよね」「こんなことまでしていいね稼ぐの笑う」「ホテル側からかなりもらってるんだろうなあ」などの発言がかぶせられ、すごい勢いで拡散し、炎上した。

――そうなんですよ。SNSの投稿なんかに騙されることもありますよね。ほんとはしょぼい部屋がめちゃかっこよく撮られたりしてて、ああいうのって、写真を加工してるんですかね。

以前ランチの席で野村先輩が言っていたことを思い出し、わたしのアカウントもそういうものと見做《みな》されるようになってしまった、と落ちこんだ。

発端になった投稿の発信者は、わたしがこれまでにあげた写真を検証しだし、これも嘘、あれも嘘、と騒ぎ出した。どれも泊まった部屋をそのまま写したものだった。おそらくホテル側が見栄えがするように事前に手を入れていたのだろう。わたしが小細工したわけではない。

無料で泊めさせてもらったり、謝礼が出たりすることはあっても、公的な依頼として受けているわけじゃない。ホテル側からしたら、公式サイトやSNSでそれをしたら詐欺になるが、客が勝手に撮った写真なら、責任を持つ必要がない。客が家具を移動したのかも、とか、ものを持ちこんで撮影したのかも、とか、いくらでも言い逃れできる。

いつのまにかわたしは「ホテルからお金をもらってインチキ写真をアップしている人」になってしまっていた。ほかの人が炎上しているのを見るたびに大変だな、と思ってはいたが、自分が炎上したのははじめてで、想像以上のダメージを受けた。

調べてみると、騒ぎの発端になったアカウントはもともとわたしと似たタイプの投稿をしている人だった。はじめたのはわたしよりあと。でもそこまでのフォロワーはいなくて、うまくいっているほかのアカウントを片っ端から批判し、むしろそれでアクセスを稼いでいるようだった。

だからその人の投稿にはそこまで心が痛まなかったけれど、まわりで騒いでいる人たちの言葉にえぐられた。

「こういういい感じの場所の写真で有名になるのって、一種の搾取だと思う。その人が作ったわけでもないのに、自分の手柄にするのはズルい気がする」

「この写真に限らず、鄙《ひな》びた場所を撮影し、味わいがあるなどと表現することにはある種の暴力性が宿っている。あたりまえの日常としてその場所を使っている人がいることをどう考えているのか。都会人ならではの、そうした人たちへの軽視、蔑視《べっし》を感じる」

搾取。暴力性。そういう言葉が胸に刺さった。

搾取の方は、自分でもうっすらそう感じているところがあった。SNSに写真をあげる。フォロワーが増える。ほんとはその場所の力なのに、まわりからセンスを褒められていい気になっていたし、トクもしていた。

暴力性の方も、言われてみればその通りだと思った。古びていて素敵だと思う。それは観光客の傲慢な視線だ。現地の人にとっては、古びていると思われること自体が嫌かもしれない。馬鹿にされたと感じるかもしれない。

いつのまにか、SNS上で自分への批判を探し、くりかえし読むようになった。悪口を言っている人は、ほんとのわたしのことなんて知らない。でも、相手を傷つけようと意図した言葉は、確実に人の心をえぐるものだ。

まわりのリアルな知り合いはわたしがSNSで活動していることを知らない。会社の同僚も家族も。高齢の両親はそもそもSNSのことなどなにも知らないから、趣味で旅行の写真を投稿しているらしいくらいにしか思っていない。

逆に、SNSではプライベートな話は一切しない。リアルの藤本真衣《まい》とSNS上のmaimaiは完全に切り離されていて、目の前にあるのは以前と一切変わらない日常だった。SNSさえ見なければなにも起こっていないのと同じ。だが、部屋でひとりになると、つい気になってのぞいてしまうのだった。

ほんの数日のことなのに疲れきっていた。会社とは関係のないことなのに、心が荒《すさ》んで仕事に行くのも辛かった。かと言って、家で家族と四六時中いっしょにいるのもしんどい。有休も残っていたし、思い切って会社を休んでどこかに行こう、と思った。

でも、これまでSNSで取りあげていたような場所じゃダメだ。そう考えていたとき、楠原先輩の言っていた銀河ホテルのことを思い出した。ふだんとはちがうタイプの場所。一大観光地軽井沢にあって歴史のある銀河ホテルなら、自分のSNSのことも思い出さずにすむかもしれない。

人気のある宿だが、予約サイトを見ると、ゴールデンウィーク前だということもあり、平日にちらほら空きがあった。いちばん近くで空きのある日に予約を入れ、会社に休暇届を出した。そうして、銀河ホテルにやってきたのだ。

あのとき楠原先輩が話していたが、ネットで調べてみたところ、銀河ホテルの建物は、もともと昭和の初期に建てられた富豪の別荘だったらしい。戦後、それを上原周造という実業家が買い取り、ホテルに改築した。

部屋数は三十と小さいが、もとの持ち主の富豪が建材も施工方法もかなりこだわって造ったものらしく、専門家からは高い評価を得ている。建築関係者がわざわざツアーを組んで見に来るくらいだという話だった。

創業時には一階に撞球室と映画室が作られた。中庭はもとからイングリッシュガーデンだったが、戦時下にあって荒れていたのを、記録をもとに植栽を施して再現した。当時は外国人客も多く訪れていたそうで、撞球室で遊ぶ外国人客の写真も掲載されていた。

現在、撞球室は蔵書室に、映画室は手紙室になっている、とあった。楠原先輩も手紙室のことを話していたっけ、と思い出した。

入口の前に立ち、建物を見あげる。古いが、手入れが行き届いている。なかにはいると、ラウンジには何組か客がいて、お茶を飲んだり、新聞を広げたりしている。古風なツイードのジャケットなどを着こなした老紳士と品のいいワンピースを着た老婦人もいたりして、こんな世界がまだ存在していたのか、と過去にタイムスリップしたような気分になった。

楠原先輩はすごく落ち着くと言っていたが、たしかにここにはほかのホテルとはちがう独特の安らぎがあった。建物のせいなのか、客層のせいなのかわからないけれど、ゆったりした時間がながれている。

時間が重い。ふとそう感じた。大きな柱時計がかっちかっちと音を立て、そのたびに少しずつ時間が上から落ちてくる。重さのある水滴のように。

時間はいつでも流れているけれど、ふだんそれを意識することなんてない。区切りなく、すうっと流れて、いつのまにか時間が経っている。だが、ここではちがう。一秒ごとに大きななにかが落ちてきて、時が刻まれている。一瞬ごとに時が身体に刻まれるようで、ずしんずしんと重く感じる。

そういえば、中学生のころに両親とイギリス旅行に行ったときも、似たようなことを感じた。たしか石造りの古い教会にはいったときのことだった。教会の天井はすごく高くて、四方にステンドグラスの窓があった。

ガイドによれば十二世紀に建てられたもので、そこで人が殺されるような大きな事件がいくつもあったらしい。建物もステンドグラスもすべて人の手で作られたものだと考えて、思わず鳥肌が立ったのをよく覚えている。

ここはそうした建物にくらべれば小さいけれど、もともとは富豪の建てたものだという話だった。かつては、後世に残る建物というのはみんなそうだったのだろう。富や権力と深く結びついている。このずしんと重い時間もそうやって生まれたものなのかもしれないと思った。


チェックインのためにフロントに行くと、女性スタッフがあかるく出迎えてくれた。簡潔だが不足のない説明。こちらが訊いたことに対しても、質問の意図をすぐに汲《く》み、的確に返してくる。親しみやすい話し方だが、有能な人だな、と思う。

カードキーを受け取り、荷物を運んでくれるベルスタッフとともにエレベーターへ。わたしが泊まる部屋は三階のいちばん端の部屋だった。

扉を開け、なかにはいる。部屋はゆったりしていた。壁はあかるいブルー。ホテルでこんなあざやかな色の壁は見たことがない。だが、白い天井や使いこまれた木の調度品と馴染んで、強い色なのに落ち着いている。なんともいえない絶妙なバランスだった。

部屋の説明をすると、ベルスタッフは部屋を出ていった。フロントの女性といい、ベルスタッフといい、気さくな雰囲気だが説明は的確で、気持ちのいい接客だ。

部屋のアメニティも素晴らしかった。シャンプーは天然素材で有名なブランドのもの。部屋に置かれた茶葉も充実している。建物もスタッフも部屋もいまのところ一〇〇点満点。しかも、高級ホテルとはまたちがう手作り感がある。

窓からの景色をながめ、お湯を沸かして紅茶を淹れる。冷蔵庫にはミニサイズの牛乳。ポーションミルクではない、ちゃんとした牛乳だ。こういうところも気が利いている。紅茶に牛乳をいれ、カップをソファの前のローテーブルに置いた。

ソファに腰掛け、ふんわりしたクッションに身体を預けた。紅茶をひと口飲み、息をつく。

とたんに、SNSのことが頭に浮かびあがってくる。

あのアカウント、消すべきなんだろうか。

maimaiの写真のことなんて、所詮小さなネタだ。みんなあたらしい話題に飢えているから、数週間もすれば話題になったことすら忘れてしまうだろう。でも以前とは変わってしまった。あそこでなにかを発信しても、だれも信じてくれない気がする。

アカウントを消すというのは、これまで積みあげてきたものをすべて捨てるということだ。フォロワーも、これまでの写真も。何年もかかって培ってきたものなのに。二十八歳にもなって、また一からやり直しができるとはとても思えない。

何度も消そうと思った。だが、そのたびに、これまで投稿してきた写真を見て、指が止まった。フォロワーなんていなくなってもいい。もともとみんな知らない人なんだから。会ったこともない、実体のない、影みたいな存在。

でも、写真はちがう。どれも実際に訪れた場所。捨ててしまうのは悔しかった。非公開にするという手もあるけど、負けたみたいで嫌だった。搾取と言われようが、暴力と言われようが、わたしがここまで活動してきた証《あかし》だ。

活動の証？　その言葉につまずいた。

活動ってなんだ？　わたしがしてきたことはそんなに立派なことなのか？

天井を見あげると、古いシャンデリアがかかっている。手のこんだ細工だが、埃《ほこり》ひとつない。ソファもテーブルもベッドも、古いけれど、手入れが行き届いている。従業員が誠意をこめて掃除しているのだろう。

さっきのフロントの女性やベルスタッフの対応も素晴らしかった。ホテルは従業員の日々の仕事によって支えられている。

このホテルの歴史とか、経営者の思いとか、従業員の日々の努力とか、ほんとうはそこにホテルの良さが宿っている。わたしのSNSはその上澄みを紹介したものにすぎない。ふらっとやってきて、何枚か写真を撮って、素敵だと思ったものをアップする。その写真を見てやってくる客もいるんだろうから、宣伝に役立ってはいるんだろうけど。

SNSでは、わたしと同じ場所を撮ったほかの人の投稿も目にする。同じ場所でポーズを取って自撮《じど》りしたもの、その空間だけをいい雰囲気で撮ったもの。みんな自分のSNSのインプレッションのことしか考えていないように見えてくる。

旅行ってそれでいいんだろうか。SNSで見た場所に行って、似たような写真を撮る。それをアップするとほかの人から「いいね」がつく。観光地もそれを意識して、写真映えするスポットを大きく紹介する。

わたしがしているのもそういうことだ。SNSで人気が出そうな写真をあげているだけ。それを「活動」なんて言えるのか。

でも、わたしがわたし自身の活動としてやってきたことなんて、maimaiのアカウントくらいしかない。それがなくなったら、わたしにはなにも残らない。

堂々めぐりだ。ため息をつき、手で顔を覆う。ダメだ。ひとりで部屋に閉じこもっていると、SNSのことばかり考えてしまう。

残りの紅茶を一息に飲み干し、ローテーブルに置いた。

外に出よう。ホテルの一階の施設もまだしっかり見ていなかったし、楠原先輩の話では、素晴らしいイングリッシュガーデンもあるらしい。四月だからバラはまだだろうが、なにかしら花も咲いているかもしれない。

上着を羽織り、部屋を出た。

3

庭はとてもきれいだった。バラはまだだが、クロッカス、スノードロップ、チューリップ、ムスカリ、水仙、雪割草といった草花や、連翹《れんぎょう》、そしてなんと桜が咲いていた。銀河ホテルの庭全体は英国風だが、桜の木も何本か植えられていて、ちょうど満開だった。高原なので、東京より開花時期が遅いらしい。

炎上の一件があったから、今年は東京の桜をほとんど見ていなかった。桜は咲いていたはずだが、目にはいってこなかった。だがこうして見ると、やはり桜はきれいだな、と思う。風が吹き、花びらが散る。数えきれない花びらがひらひらと宙を舞う。

まわりに何人かホテルの宿泊客がいて、スマホで桜の写真を撮っている。わたしも思わずスマホを取り出しそうになったが、ポケットのなかでスマホに触れたとたん、指が止まった。写真に撮ってどうなるんだ。そんな疑問が頭に浮かぶ。

桜の写真なんて、SNSの世界には山のようにある。桜の時期には、タイムラインに桜の写真があふれかえる。みんなきれいだと思って撮るのだろうが、どれも似たような写真だ。いまならAIで生成することだってできるのかもしれない。

結局、こうしてその場にいて見ている花がいちばんきれいに決まっている。どんな写真もその瞬間の感動にはかなわない。なのに、人はどうして写真を撮るんだろう。そして、なぜそれをSNSにアップするんだろう。

だれかと感動を共有したいから？ たしかに、SNSには日々素敵な写真が流れてくる。それをぼんやりながめているだけで、時間はいくらでもつぶせる。わたしの写真も、そういうもののひとつとしてながめている人がたくさんいるのだろう。

いまや、みんな小さなスマホのなかに世界を入れて持ち歩いているようなものだ。どこにも行かなくても、なんでも知っている気持ちになっている。だけどそれがほんとうじゃないことを、みんなもよく知っている。

写真なんて全然真実じゃない。加工で、目を大きくすることも肌をきれいにすることも脚を細くすることも、そこにいる人を消したり、別のものを足したりすることもできる。ネット上の画像を組み合わせて、行ってもいない場所に行ったかのような写真を作ったりすることだって。

わたしが撮っているような写真だって、AIがあればいらなくなるかもしれない。世界じゅうの人がネット上に流した無数の写真を使って、ＡＩがスマホのなかにもうひとつの世界を作ってくれる。それぞれの好みに合わせて、交通費も宿泊費も時間もかけずに行ける場所を。

どこかに行く。なにかを食べる。自分の経験をなんでも写真におさめて、ＳＮＳにあげないと気が済まない。写真を撮るのを忘れたり、充電が切れて撮れなかったりすると、損をしたような気持ちになる。

考えたら、むかしの人たちは、見たものも聞いたものも全部自分の頭のなかにしまいこんでいたんだな。人と共有できるのは言葉と絵くらい？　得た知識のほんの一部しかやりとりできない。知識のほとんどはだれかの頭のなかに溜《た》めこまれていくだけ。

写真や映像を撮って、それを多くの人に見せる。最初は映画、それからテレビ、そしてインターネット。「知識」自体がもっと増殖したいと願ったのかもしれない。自分の承認欲求を満たすためだと思っていたけど、ネットに知識を吸いあげられているだけなのかもしれない。

ネットから切り離されたって、人は生きていけるよね。亡くなった祖父母はネットなんて知らなかった。両親だって、スマホは持っているし写真も撮るけど、ＳＮＳの世界には足を踏み入れていない。それでなにも困っていないみたいだ。

ここで桜の写真を撮ってＳＮＳにあげるより、いまここで桜を見ることの方が豊かなことのようにも思える。会社の仕事もそれなりに忙しいし、家に帰れば家族もいる。SNSがなくてもなんとなく時間は過ぎていき、もうこのままでもいいのかも、という気もしていた。

スマホはポケットにしまったまま庭を一周する。楠原先輩が言っていた植栽の迷路もあった。ほんものの生きた木でできた迷路だ。ほんとにこんなものがあるのかと驚いたが、ここでも写真は撮らなかった。

裏口から戻ると、建物内はあたたかかった。肩にはいっていた力がふっとゆるむ。フロントを見ると、チェックイン中の客がいて、あの女性スタッフがはきはきと対応している。連休前の平日だから家族づれはあまりいない。高齢の夫婦や、女性数名のグループが多く、落ち着いた雰囲気だ。

メインの入口の向かいにはフロント、向かって左にダイニングルームとパブ。ダイニングルームとパブのなかをちらっとのぞく。

テーブルも椅子も古く、歴史を感じさせるが、全体的に親しみやすく、カジュアルな雰囲気だ。客室もそうだが、壁の色が特徴的だった。ロビーの壁は深い紺色で、ダイニングルームは水色。パブの壁は深いグリーン。

右側には蔵書室やギフトショップなどの施設がならんでいる。蔵書室の扉が開放されていたので、なかをのぞいてみた。おしゃれなカフェやホテルによくあるお飾りの本棚（棚の上の方にはいっている本はハリボテだったりすることもある）ではなく、天井に近いところまでぎっしりほんものの本が詰まっている。

思わず誘いこまれるように部屋にはいった。

戯曲、小説、詩……。作家の全集もある。布張りの表紙に箔押しの文字。むかし大学の図書館で見た全集はこういう感じだったな、と思い出したりした。古典的な名作ばかりではなく、ミステリーやファンタジー、比較的最近出たらしい本もならんでいる。

宿泊客なら滞在中はここにある本を借りられるらしい。一回三冊まで。希望の本があったらフロントに持ってきてください。棚のかたわらにそう書かれている。

大学にはいったあたりから全然読まなくなってしまったけれど、中学のころまでは本が好きだったな、と思い出した。図書委員をつとめたこともあって、高校時代は大学に行くなら文学部かな、とぼんやり思っていた。

でも、文学部は就職に不利だという噂《うわさ》を聞いて、不安になった。考えてみたら、絶対に文学部に行きたいとか、勉強したいことがあるというわけでもない。本が好きだといっても、読んでいたのは児童文学やファンタジーがほとんど。文学部の講義内容をおもしろいと思えるのかも疑問だった。

といって、理系科目も英語も苦手だし、法学部とか経済学部とかは無理そう。観光なら楽しそうだし、就職にも役立つ気がして、観光学部を選んだのだ。結局観光関係の仕事にはつけなかったけれど。

蔵書室のなかをまわっていると、入口近くの本棚の一角にリーフレットが置かれているのが見えた。同じデザインの細長いリーフレットが何種類もならんでいる。このホテルでおこなわれているアクティビティに関するものみたいだ。

森林ガイドツアー、園芸ワークショップ、手仕事体験……。屋外、屋内両方のさまざまなアクティビティがあるみたいだ。そのなかに、手紙ワークショップもあった。

これが楠原先輩が話していたやつか。

少し気になって、リーフレットを手に取った。Ａ４サイズの紙が三つ折りになったもので、広げると手紙室のなかの写真が見えた。

へえ、すごい……。頭のなかでつぶやいた。写真には、インク瓶がたくさんならんだ棚が写っていた。千色のインクと話には聞いていたけれど、写真で見ると壮観だ。インク沼の人ならまちがいなく釣られるはず。

ＳＮＳにはありとあらゆる趣味の人たちがいる。文具関係、紙関係の人たちもいて、インク関係のインフルエンサーもいる。ガラスペンやつけペンを使って、いろいろな色のインクで書写をおこない、画像や動画をアップしている。

いつだったかわたしのところにも動画が流れてきて、インクで書かれた文字や線がぬめぬめ光る様子が心地よく、思わず最後まで観てしまった。

　ワークショップはともかく、この棚はちょっと見てみたい。たしか手紙室はこの蔵書室のとなりだったはず、と思って廊下に出た。ホテルの入口と反対側に手紙室と掲げられたドアが見えた。だが、閉まっている。ワークショップ中ということなのだろうか。

　リーフレットを見返すと、見学のみは不可、なかにはいれるのはワークショップを受ける人だけ、とある。ワークショップは一回一時間半で、一日六回。朝十時から十一時半の回からはじまって、三十分の休憩時間をはさんで開催され、最終回は夜の八時から。

　時計を見るともうすぐ五時半。そろそろ四回目のワークショップが終わる時間だ。いま開催中なら、ここで待っていればワークショップを終えた人が出てくるはずだ。そのときちらっとなかを見ることができるかも。そう思って、扉の横の壁によりかかった。

　しばらくするとなかからかすかに声が聞こえ、扉が開いた。三人連れの女性が出てくる。わたしより少し年上。三十代半ばくらいだろうか。開いた扉からなかをのぞくと、ずらりとインク瓶がならんだ棚と真っ白な壁が見えた。

「すごくよかったね」

「うん」

　女性たちの声が聞こえる。

「手紙、だれに書いたの？」

「えー、それは秘密」

「わたしも」

みんなくすくす笑っている。三人とも、心から満ち足りた表情に見えた。リラクゼーションサロンで最高の施術を受けたみたいに。扉はすぐに閉まってしまい、部屋のなかが見えたのはほんの一瞬。女性たちも去っていった。

なんでだろう？　みんななんであんなに満足そうな顔をしていたんだろう。気になる。しかし、予約をしていないのだ。ドアを開けるわけにはいかない。

次の予約ってはいってるのかな。次がはじまるのは六時で、あと十五分くらいある。いまならちょっとのぞけるかも、と思って扉に近づこうとしたとき、蔵書室の方から人がやってきた。男性がひとり、扉を開けて手紙室にはいっていく。

四十代後半？　いや五十過ぎだろうか。髪形や服装からして、堅い仕事に就いている人に見えた。シンプルだが質の良さそうなセーター。男性でカジュアルな服にお金をかけられるのだから、それなりの収入があるということだろう。

女性向けのワークショップかと思っていたが、ああいう客もいるのか。一時間半かけて手紙を書く。いったいどんな内容なのだろうと思って、もう一度リーフレットを見直した。

手紙室にあるインクを何色でも自由に使って良い。宛先は郵便で出せない相手でも良い。どこにいるかわからない過去の知り合い、すでに亡くなった人、まだ出会っていない未来の恋人……。発送できない手紙は、封をして保管室で預かる、とあった。

なるほど、そういう内容なのか。手紙の正式な作法や文章表現を教わるというのとはちがうみたいだ。

——千色のカラーインクがあって、それを使って手紙を書けるそうで、そのためのワークショップがあるらしいんですよ。わたしはほかの予定があったから受けられなかったんですけど、母が受けて、すごく良かったって言ってました。

——迷っていることがあるときに受けるとすごく効くんじゃないか、って。

楠原先輩の話を思い出す。迷っていることがあるとき。手紙を書くことが一種のセラピーになる、みたいな感じなのだろうか。

そのとき、手紙室の扉が内側から開いた。急ぎ足で人が出てくる。さっきの男性ではない。もう少し若くて、背が高く、えらく顔のいい男性だった。彫りが深く、くっきりした顔立ちで、見惚《と》れてしまうほどかっこいい。

あの人、何者？　早足でフロントの方に向かって歩いていくが、その歩き方がまたなんとも素敵だった。フロントで例のにこやかな女性スタッフとなにか話し、にこっと微笑んだあと、またこちらに急ぎ足で戻ってきた。

扉を開け、なかにはいっていく。フロントの人とのやりとりの様子を見るかぎり、客ではなさそうだ。スタッフ？　もしかすると、ワークショップの講師なのかもしれない。

だとしたら、ワークショップが女性に人気なのもうなずける。若いとは言えないが、あれだけの美形である。あの人目当てに来る人もいるのだろう。

しかしさっきはいっていった男性は……？　堅実に働き、それなりの役職に就いている人に見えた。ああいう人がひとりで受けているところを見ると、浮ついたものではないのかもしれない。

気になる……。

しかし、いまはここにいても埒《らち》があかない。次のワークショップが終わるのは七時半。どのみちそれまでこのドアは開かないのだ。

夕食の予約は八時に取っている。部屋に戻ってもすることはないし、蔵書室で本を借りて、ラウンジでコーヒーでも飲もう。そう考えて蔵書室に戻った。

本を読むのは久しぶりで、小説も何冊か手に取ってみたが、馴染めない気がした。

小説というのはその作品の世界にはいりこみ、完全に身をまかせないと楽しめないものらしい。中学のころまでは本を開けばすぐにその世界に行くことができた。だがいまは、ページをめくっても目が文章を追っているだけで、本の世界にはいれない。

所詮小説は虚構だ。自分のまわりの現実に対応するので精一杯で、知らない人が作った虚構を楽しめるほど心が自由ではなくなってしまったのかもしれない。

それで結局、エッセイ集を借りることにした。題材も身のまわりの出来事で、架空の人物ではなく、作家自身の生活や気持ちが書かれている。現実と地続きだ。それに起承転結のような人工的な構造もない。だからかまえずに読み進むことができた。

そのまま蔵書室で読んでもよかったのだが、あたたかいものが飲みたくなって、やはりラウンジに移動することにした。ラウンジもいまは空《す》いていて、人もまばらだ。コーヒーを頼み、ゆったりと本のページをめくった。

ずっとSNSで画像や映像ばかり見ていた自分が、文字だけの世界に戻れるんだろうか、すぐ飽きてしまうんじゃないかと思っていたが、いったん読みはじめるとするする読めた。

文字が紙に印刷されていることも、なぜか心地よかった。SNSの情報は放っておくと流れていってしまう。もちろん保存しておくこともできるのだが、どんどん鮮度が落ちてしまう気がして、流れに取り残されないように追いかけ続けることになる。

だが、紙に印刷された文字はどこにも行かない。いったんページを閉じても、開けばまたそこにさっきの世界が広がっている。そのことに安心した。それに、文字だけでもじゅうぶん楽しかった。書いているその人がそばにいて、語りかけてくれているような気持ちになった。

すっかり忘れていたけれど、こんなに楽しいなら、あの蔵書室で本を借りて、旅行中ずっと部屋で本を読んでいたっていいのかもしれない。もともと逃避が目的で、したいことがあるわけじゃないんだから。

旅行は二泊三日の予定だった。軽井沢には、大学の授業の一環で一度だけ来たことがある。だが、こういう完成された観光地には惹かれず、そのあとひとりで来ようとは思わなかった。だから、明日は旧軽井沢まで足を延ばしてみようと思っていた。

しかし、絶対見たい場所があるわけではない。この旅の本来の目的は、東京を離れ、SNSから解放されること。だから別に観光なんてしなくてもいい。蔵書室の本は一度に三冊まで借りられる。前の本を返せば、また借りられるみたいだ。

あの蔵書室で読んでもいいし、部屋に持ち帰って一日だらだら過ごしたっていい。いまみたいに、ラウンジで読むのもいい。

エッセイ集を読み終わると、七時半をまわっていた。夕食の予約は八時。まだ少し時間があるし、もう一度蔵書室に行って、あたらしく借りる本を探してみよう。そう思って立ちあがった。

蔵書室の前まで来たとき、廊下の先の手紙室のドアが開くのが見えた。そうか、七時半だから、六時の回が終わったんだな。立ち止まってながめていると、なかからさっきの男性が出てきた。扉のところで部屋をふりかえり、深々と頭をさげている。

心からの感謝の気持ちがあふれていた。あまりにも深く、ていねいで、目を離せなくなる。男性が顔をあげ、扉を閉めた。そうしてもう一度、今度は閉じた扉に向かって少し頭をさげ、こちらを向く。指で目尻をぬぐうのが見えた。

もしかして、泣いてる……？

はっとして、目をそらした。見られていると気づいたら、向こうも気まずいだろう。あわてて蔵書室にはいる。知らない人の秘密をのぞいてしまったような気がして、どきどきしていた。

あの人、なんで泣いていたんだろう。ワークショップですごく重い手紙を書いたのかもしれない。たとえば亡くなったご両親とか。だとすれば、積もる思いもあるだろう。それを手紙にしたためるうちに涙が、ということだったのかもしれない。

そういえばこの前の回の女性たちも、すごく満足した顔で出てきた。まあ、見たのはいまの男性とこの前の回の女性たちの二組だけだから、客がみんな満足しているとはかぎらないけど。

ああ、あと、楠原先輩のお母さんも褒めていたんだっけ。人気があるという話だったし、やはり満足度が高いということなんだろうか。

さっきの妙に美形な男性の力なのか？　おばさまたちには魔力がありそうだが、いまの男性相手にそのパワーが使えるとも思えない。

だいたい、紙とインクを用意したとしても、みんながみんな自分の気持ちをしっかり文章にできるとは思えない。うまく書けずに不完全燃焼のまま終わることだってあるだろう。いったいどんなワークショップなんだろう。

時計を見ると、もう七時五十分を過ぎていた。本を選ぶのは夕食後にしよう。わたしは蔵書室を出て、ダイニングルームに向かった。

4

ダイニングルームはほどよい暗さで、しずかに音楽が流れていた。席と席の間隔も広く、となりの席の会話が気になるということもない。メニューを開いて料理を選び、やってきたフロアスタッフに注文した。

ひとり旅にも、ひとりの食事にも慣れていた。

――ひとりの食事ってなんか味気ないし、おいしくないんだよね。だから、ひとりで外食する人の気持ちがよくわからない。もったいないし、ひとりだったらコンビニで買ってきてささっとすませちゃうな。

いつだったか、楠原先輩がそう言っていたのを思い出した。先輩にとっては食事はコミュニケーションの場なんだろう、と思った。でも、わたしはちがう。気心の知れない人と食事に行くと、緊張で味がわからなくなる。

それより、ひとりで外食したり、ひとりで旅行したりする方が好きだ。自分のペースでものを見て、選んで、考えて。わたしにとってはかけがえのない時間だ。

先輩はひとりの食事をもったいないと言っていたが、わたしは気心の知れない人と過ごす時間の方をもったいないと感じてしまう。たぶん人とのコミュニケーションが得意じゃないし、好きじゃないんだろう。

わたしは料理の写真は撮らないし、ＳＮＳにあげようとも思わない。理由はわからない。おいしいものを食べたらほかの人と共有したくなる、という人もいるけれど、料理は食べるものだ。写真だけ見て共有したことになるんだろうか。

スープが運ばれてくる。旬の豆を使ったスープ。緑色がとてもきれいで、口に入れると青い甘みが広がった。それからメインの肉料理。シンプルな鶏のローストだが、素材がいいのか、味わい深かった。

メインを食べ終わったころ、となりの席に客が案内されてきた。わたしの両親くらいの年代の男女ふたり組で、ふたりともくつろいだ表情だ。夫婦だろうか。子どもの姿はない。年恰好《かっこう》からしてもう子育てを終えたとも考えられるし、そもそも子どもがない夫婦なのかもしれない。

ふたりでなごやかに語り合いながら、メニューをめくり、注文するものを相談している。楽しそうだ。こういう瞬間が好きなんだよなあ。ホテルでもレストランでも、たまたま同じ場所に居合わせた知らない人たちにもみんな人生があるんだと思える瞬間。

ホテルやレストランにかぎらない。駅のホームでも、町なかでも、ひとりで歩いているとそう感じられる瞬間がある。スマホの向こうのだれかとじゃなくて、いま同じ場所にいる見知らぬ人と、空間を共有している感じ。

言葉を交わすわけでもないし、結局その人がどんな人かわからないままなのだけれど、そのこと自体が世界の広さの証のように思えたりする。

席同士が近くて、となりの人の愚痴や悪口をえんえんと聞かされるのはうんざりするが、こんなふうにほどよく間隔があいた席で、なにを話しているのかよくわからないいま、しあわせそうな人たちの姿をながめているのが好きだった。

男女が注文を終えてフロアスタッフが去っていくと、男性がポケットから小さな包みを出し、机に置いた。女性は驚いたようにその包みを見る。男性にうながされ、包みをほどく。なかの小さなケースから、女性がなにか取り出す。ネックレスだ。女性はそれを見ながらうつむき、目尻をおさえる。

男性が笑いながらハンカチを差し出す。女性はそれで目尻をおさえてから、微笑み、ネックレスをつけた。結婚記念日……だろうか。

そのときわたしのテーブルにフロアスタッフがやってきて、デザートを置いた。

なんだかわからないけど、あのふたりにとって記念すべき瞬間に立ち会ってしまったみたいだ。もうあまりじろじろ見るのはやめよう。デザートのプディングを口に運ぶ。とろけるような甘さに思わず目を閉じ、椅子の背にもたれた。

コーヒーを飲み終え、席を立つ。あの男女のテーブルにはメイン料理がならんでいた。心のなかで、おしあわせに、とつぶやきながらその横を通り過ぎる。ダイニングルームを出て、蔵書室に向かった。

棚を順番にながめ、文庫本を一冊手に取った。武田百合子《たけだゆりこ》の『遊覧《ゆうらん》日記』というエッセイ集だ。以前、昭和好きの人のアカウントで、この本の書影とてもよかったという感想があがったことがあり、いつか読んでみたいと思っていた。

武田百合子は、小説家・武田泰淳《たいじゅん》の夫人で、泰淳の死後『富士《ふじ》日記』という日記を刊行し、評判になった。武田花《はな》という写真家の娘がいて、この『遊覧日記』にはその武田花の写真が添えられている。

本は「浅草花屋敷《あさくさはなやしき》」というタイトルの文章からはじまっていて、数ページ捲《めく》ると浅草花やしきの園内の写真が載っていた。浅草花やしきは浅草の浅草寺《せんそうじ》の近くにあり、一八五三年開園。日本最古の遊園地とされている。

一八五三年といえば、まだ江戸時代である。それからさまざまな変遷を経て、現在の形になっている。老朽化して廃止になったアトラクションもたくさんあるが、昭和二十八年に誕生した国内初のローラーコースターなどは現在もまだ稼働中。全体に昭和感が漂っていて、わたしも大好きな遊園地だ。

一九八七年に刊行された本を文庫化したものらしく、ここに描かれている花やしきの風景は、わたしの知っているものよりだいぶ古い。そこに描かれているアトラクションや人々の様子に惹きつけられ、あっという間にその章を読み終えた。

目次に戻ると、そのあとも二話浅草の話が続き、それから「青山」「代々木公園」「隅田川」「上野《うえの》東照宮《とうしょうぐう》」「藪塚《やぶづか》ヘビセンター」「上野不忍池《しのばずのいけ》」などという項目がならんでいる。ほかはわかるが、藪塚ヘビセンターというのは知らない。だが、ヘビセンターという言葉が妙に目立って、なんだか気にかかる。

武田百合子の本はほかにもならんでいたが、まずはこれを読んでみようと思い、借りることにした。本を持って蔵書室を出て、フロントに向かう。

「すみません、蔵書室の本を借りたいんですが」

わたしがそう言うと、スタッフがふりむいた。胸に「上原」という名札をつけている。

わたしは本をカウンターに置いた。上原さんというスタッフはタブレットを開き、貸し出しリストを確認している。

「藤本さまですね。すでに一冊借りていて、こちらをあらたに貸し出しということで良いでしょうか」

「はい」

わたしがうなずくと、上原さんは書名をタブレットに入力した。

「あの、すみません、それともうひとつお訊きしたいのですが……」

手紙室のことも訊いてみよう。そう思って切り出した。

「どういったことでしょう?」

「手紙室のことなんです。手紙室のワークショップのリーフレットを見たのですが、これはどういう内容なんでしょうか」

わたしはポケットからさっきのリーフレットを取り出した。

「手紙室のワークショップですね。リーフレットにあるように、手紙を書くワークショップなのですが……。内容をひとことで説明するのはなかなかむずかしいんです」

上原さんは少し困ったように言った。

「手紙室には千種類のカラーインクがございまして、そのインクを自由に使って手紙を書いていただきます。試し書きもできますし、何色使っていただいてもかまいません」

リーフレットで読んだ通りだ。わたしは、はい、とうなずいた。

「手紙の内容も、送る相手も自由です。郵便では送れない相手でも良い、というのはリーフレットにも書いてありますが……」

「先ほど読みました。発送できない手紙の場合は、保管室で預かってくださるとか」

「はい。おっしゃる通りです」

「そのあたりのルールは了解しているつもりです。知りたいのはそこでなにを教えてくれるか、ということです。ワークショップというからには、なにかしらレクチャーのようなものがあるということですよね」

「そうですね。レクチャーと言いますか……」

上原さんは戸惑ったような顔になる。

「説明しにくいのですが、手紙の作法のようなものを教えるわけではないんです。室長の苅部という者がインクの色を紹介しながら、手紙を書くお手伝いをすると言いますか……」

「お手伝い？」

室長の苅部。もしかして、それがあの妙に美形の男？

「手紙室のお客さまのなかには、手紙の内容はもちろん、だれに送るのかさえ決めずにお越しになる方もいらっしゃいます」

「だれに書くかも……？」

そんな馬鹿な、と思った。

手紙室のワークショップの受講料はかなり高い。あの額を出せば、そこそこのレストランのディナーでフルコースを食べられる。

リーフレットにはひとりから四人とあったが、その人数で一時間半スタッフを拘束する。人件費に加えてインクの補充などの経費もあるだろうし、あの部屋の維持費を考えると、妥当な価格ではある。でも、なんのあてもなく受けるには少々高い。

「はい。実は、僕もそうだったんです」

上原さんは恥ずかしそうに笑った。

「受けたことがあるんですか？」

「はい。このホテルで働きはじめる前に。人に勧められたこともありますが、このホテルの人気アクティビティだからという理由で、勉強のつもりで受けることにしたんです。それに、当時ちょっと身の振り方で迷っていることがありまして」

「なるほど」

「僕の場合は、手紙を書く相手はなんとなく決めていました。書きたいことがあったわけではなくて、書くならこの人かな、という気持ちがぼんやりとあって。それで、まず苅部に言われてインクを選んだんですね。そうしたら、そのインクの色を見ているうちに、自分が言いたかったことがなんとなく形になってきて……」

上原さんが思い出すように言った。

その話を聞くうちに気づいた。客だけじゃない。従業員にもその人の人生がある。わたしがまったく知らない、これから知ることもない、その人の人生。ホテルには無数の人の人生が詰まっている。

「その苅部さんという人がなにかアドバイスしてくれたりするんでしょうか?」

「いえ、それが……」

上原さんが困ったような顔になる。

「手紙を書くまではインクの色の話くらいしかしてなかった気がします。なにかアドバイスされたり、というようなことはありませんでした。でもなぜか、それまで考えてもみなかったようなことが書けて……」

「考えてもみなかったことですか?」

「たぶん正確には、どこかで考えていたんだと思います。でも、表面に浮かんだことがない、そういう、なんていうか……」

上原さんはそこで言葉をとめ、宙を見あげた。

「自分の奥底にある大切な思い、と言いますか……」

そう言って、こっちを見た。その眼差《まなざ》しがあまりにもまっすぐで、息を呑む。

嘘は言っていない、と感じた。自分のホテルのアクティビティだから、嘘でなくても話を盛ることはあるだろう。だが、そういう作為は感じられない。ほんとうにそう感じたんだろう、と思わせる表情だった。

自分の奥底にある大切な思い？

ずいぶん長いこと、人とこんな話をしたことがなかった、と気づく。

わたしが見た女性三人連れに、セーター姿のあの男性。みんな満足そうな表情だった。

それに、楠原先輩が言っていた「迷っていることがあるときに受けるとすごく効くんじゃないか」という言葉……。

「うまく説明できないんですが、僕はワークショップを受けたから、ここで働くことを決意できたんだと思います」

上原さんがにっこり笑った。

「その手紙のワークショップって、空きはあるんでしょうか？」

知らずしらず、口からそんな言葉がこぼれ落ちていた。

「明日一日、どの時間帯でもかまいません。明後日チェックアウトなんですが、チェックアウトのあとでも……」

ワークショップなんて受けるつもりはなかった。だがいつのまにか、どうしても受けてみたくなっていた。

「少々お待ちください」

上原さんがタブレットに目を落とす。人気のワークショップだという話だったから、明日の空きなんてないのかもしれない。どきどきしながら返事を待つ。

「一枠空いてます。お昼からの枠ですね。十二時から午後一時半までで、昼食の時間を考えると微妙な時間帯ですが」

「いえ、かまいません。その枠でお願いします。人数はひとりです」

飛びつくようにそう言った。


部屋に戻り、ソファに腰をおろす。

ちょっと早まったかな。

勢いでワークショップを予約してしまったことを少し反省した。あの上原さんというスタッフの話を聞いているうちになぜかそんな気分になってしまったけれど、もともとワークショップみたいなものはあまり好きじゃなかった。

世の中には「ワークショップ」と名のつくものがたくさんある。SNSにも毎日そういう情報が流れてくる。なんとかワークショップ、なんとか体験。本職になろうと思ったら何年も修業が必要なことを、短い時間で一度だけ、気軽に学んだり、体験したり。

何年か続けなければ身につかないような技術を細切れにして安く売っている。地味な修業を続ける時間のない人たちが、それを少しずつかじっていく。知識としては広まるが、技術が継承されるわけじゃない……。

そういうところはちょっとSNSとも似ている。深く掘りさげたものなんて流行《はや》らない。短時間でさっくり見られるものでないと、だれもついてこない。

それに、その手紙ワークショップがほんとにいいものなのか、効果があるものなのか、わからない。今日見た客はみな満足そうだったたし、フロントの上原さんも嘘は言っていなかったと思うが、わたしにも同じ効果があるとはかぎらない。

それなのに、けっこうな額を出してしまった。

求めていたものが得られなかったときのことを考えると、なんだか怖くなる。少し考えて、得られないことが怖いんじゃない、と気づいた。わたしのなかに「自分の奥底にある大切な思い」なんてないのかもしれない。それがわかってしまうのが怖かった。

シャワーを浴びて着替え、借りてきた本を持ってベッドに横たわる。

二話目は「浅草蚤《のみ》の市」。浅草六区の、著者が「剝製屋《はくせいや》」と呼ぶ店の話が描かれているが、こんな場所は見たことがない。きっといまはもうないんだろう。三話目に描かれた「浅草観音《かんのん》温泉」も、二〇一六年に閉店している。

続く「青山」にも「代々木公園」にも戦争の面影が濃く描かれていて、わたしも何度も行った場所なのに、描き出されているのは別の世界だ。なにより、描かれている人間の姿が、現代の人とはまったくちがうように思える。

著者略歴を見ると、武田百合子は一九二五年生まれ。わたしの父方の祖父の五歳上。祖母はその五歳下で、母方の祖父母はさらに下だ。でも、祖父母が若いころに見ていた東京は、わたしが知っている東京よりずっとこっちに近いだろう。

どことなく怪しくて、生きている人たちもなんだかすごくなまなましい。この世界にくらべると、いまはどこもつるっとして、手触りがない気がする。SNSに流れてくる写真みたいに。

実際に目にしたことがあるわけじゃないし、当時のありようを思い描くことはできない。でもときどきほんのりと、ここに書かれた世界の物音や匂いを感じられる気がした。文章の力のせいかもしれない。

祖父母の家の記憶がよみがえり、本を置いて目を閉じた。祖父母の家は、玄関をあがってすぐのところに陶製のタイル張りのスペースがあった。夏にはひんやりしたそのタイルの上に寝転がるのが好きだった。

タイル張りのスペースからタイル張りの階段が続いていた。二階にのぼりきってすぐの場所には、模様入りの磨《す》りガラスの窓があった。星の模様がはいっていて、大学で古い建物について学ぶうちに、それが型板ガラスと呼ばれるものだと知った。

祖父母の家のあちこちの窓に模様のはいった型板ガラスがはまっていた。型板ガラスは磨りガラスと同じように透けない。光は通すが、向こう側は見えない。目隠しのためのもので、いまも使われている。

だが、祖父母の家にあった模様入りのガラスは、昭和期に作られていたものだ。当時は多くのガラスメーカーが競ってさまざまなデザインの型板ガラスを作っていた。

模様のはいった「結霜ガラス」というものは、明治期からあったのだそうだ。だがそれは、ガラスに膠《にかわ》を塗って剝がすという手間のかかる製法で作られるもので、強度の低い高級品だった。昭和期にガラスの製法が発展し、強度の高い型板ガラスが型押しで作れるようになった。

戦後の高度経済成長期、多くの庶民が家を建てるようになり、目隠しが必要な窓には型板ガラスが好んで使われた。さまざまなメーカーが型板ガラスを手がけるようになり、伝統的な切子細工を応用したものなど、うつくしく多様な模様のガラスが競って作られるようになった。

型板ガラスは一九六〇年代から七〇年代にかけて大流行したが、その後は衰退してしまう。あまりにも種類が増え、次から次へと発売される新商品に小売店が対応しきれなくなったこともある。在庫にも限界があり、割れたときに同じ柄が手に入らなくなった。視線を遮るにはカーテンが使われることも増えた。国内の型板ガラスは抽象的で単純な柄に限定され、かつての多様な柄は姿を消した。

近年レトロブームにのって型板ガラスも注目されるようになった。古い住宅の窓にはまっていたものを再利用し、皿やアクセサリーなどにアップサイクルされたりもしているらしい。

祖父母の家には、模様入りの型板ガラスがあちこちで使われていた。二階の階段の先にあったのは「銀河」。台所の小窓には不規則な曲線でできた「メロン」。二部屋あった和室の片方には「笹《ささ》」、もう一方には「もみじ」。花や幾何学模様をかたどったものもあった。

部屋によって柄が使い分けられていて、いま思うと、そこに祖父母のマイホームへの思いがこめられていたのだろうと思う。家を処分するために片付けているとき、むかしは家を建てることが庶民の夢だったんだよね、と母がぽつんと言っていた。

みんながマイホームを持つことを夢見ていた時代。その結果バブル時代が到来し、弾《はじ》けた。いまの日本はすっかり貧しくなっていて、手放しにその時代の人々の在り方が正しかったとはいえないのかもしれないけれど。

わたしが高校生のころ、祖父母が相次いで亡くなって、祖父母の家は売却され、駐車場になってしまった。だからもう、型板ガラスも写真のなかに少し残っているだけだ。

祖父母の家はうちからも近く、子どものころはよく遊びに行っていた。家のとなりに小さな公園があり、そこでよく祖母と遊んだ。祖父母の死はもちろん、家がなくなったこともショックで、高校時代は学校の行き帰りに家のとなりの公園に寄り、ブランコに乗ったり、ベンチでしばらくぼんやりしたりしていた。

大学のゼミでむかしの商店街を訪れたとき、建物のなかに型板ガラスがあった。祖父母の家にあったのと同じ「銀河」。なつかしかった。ほかにも祖父母の家と似た壁紙や家具が見つかって、あのゼミにはいろうと決めたのは、それがきっかけだった気がする。

かつてこんなにたくさんあったものなのに、もうあらたに作られることはない。祖父母の家もいまはどこにもない。あの家にあったあれこれも、むかしはどこにでもあったものなのに、いまは同じものを探しても見つからない。

SNSをはじめてから、型板ガラスは見つけると必ず投稿していた。フォロワーのなかにも好きな人が多いのだろう。型板ガラスの写真は反応がいい。返信で自分の思い出を送ってくれる人もいる。

そういう思い出がたくさんあるから、あのアカウントを消せないのかもしれない。

型板ガラスの模様を思い浮かべるうちに、いつのまにか眠っていた。

5

目覚めたとき、一瞬どこにいるのかわからなかった。祖父母の家や子どものころのことがごちゃ混ぜになったような夢を見ていた気がする。内容は忘れてしまったが、なつかしい心地が淡く残っていた。

軽井沢に来ていたんだった。SNSで炎上して、逃避するためにここに来た。少しずつ頭がはっきりしてくる。サイドテーブルに置いた本を見て、今日は手紙室のワークショップを受けるんだ、と思い出した。

時計を見ると八時半を過ぎている。こんなに遅くまで寝ていたのは久しぶりだ。ふだんは週末でも七時には目を覚ますのに。

起きあがり、身支度を整え、ダイニングルームに降りた。時間が遅めのせいか席は空いていて、窓際に案内された。窓からの光がテーブルクロスにあたり、カーテンの影が揺れている。

メニューはいわゆるイングリッシュブレックファーストだ。運ばれてきた紅茶にミルクを落とすと、白い筋がふわっと広がった。卵料理はスクランブルエッグにした。カリッと焼いたトーストが運ばれてくる。シンプルだが、どれも素晴らしくおいしかった。

このホテルではずっといい時間を過ごしている。ここに来てよかったと思う。だが、自分のアカウントをどうするかについてはなんの結論も出ていない。

消すべきか、消さないまでも、非公開にするべきか。大事な写真が集められているのは事実だが、もとの画像はみな写真アプリに保存されている。だからアカウントを消したからといってなくなってしまうわけではない。

これから受ける手紙室のワークショップでなにかしら心が決まるだろうか。上原さんは、手紙室のワークショップを受けたからこのホテルで働くことを決意できたと言っていたけれど。

紅茶を飲み終え、席を立つ。朝が遅かったから、ワークショップが終わるまでお腹《なか》が空くことはなさそうだ。少し散歩しようと裏口から庭に出た。桜の前には今日もちょっとした人だかりができている。みんなスマホをかまえ、満開の桜を撮っている。

ひらひら舞い散る花びらを見ていると、祖父母の家のとなりにあった公園の桜の木のことを思い出した。大きな木で、春になるといつも祖父母の家の庭にも花びらが舞い落ちてきた。

あのときも。

祖父母の家を売却する前、家のなかの片付けをしていたときのことだ。

祖母は人形が好きだった。母を含めて娘が三人いたこともあり、あの家には人形がたくさん飾られていた。動物のぬいぐるみではない、女の子の形をした人形だ。

いろんな素材のものがあった。伝統的な日本人形にこけし。セルロイドの人形に、布で作られた人形、丸い身体の起き上がり小法師《こぼし》。ビニール製のリカちゃん人形。動物のぬいぐるみに慣れたわたしにはちょっと怖いと思われるものも多かったが、むかしはこうした人をかたどったおもちゃが一般的だったのだと母に聞いた。

結婚するとき、母や母の姉たちは雛《ひな》人形くらいしか持っていかなかったから、母たちが子どもだったころに買ったり人からもらったりした人形はすべて祖父母の家に残った。

祖母はひとつも捨てずに居間や自分の部屋に飾っていた。

棚の奥に仕舞いこまれたさまざまなものといっしょに、人形たちもその日はすべて庭に出されていた。春のよく晴れた日で、人形たちのうえにとなりの公園の桜の花びらが散っていた。

母も母の姉たちも、人形を捨てるのは忍びないと思ったのだろう。自分がよく遊んでいた人形をひとつずつ形見として持ち帰り、わたしもなかからひとつ選んで持ち帰った。貝殻でできたもので、顔の部分は巻貝で、二枚貝の笠《かさ》をかぶっている。小さな宝貝で装飾されていて、子どものころから変わったおもちゃだなあ、と思っていた。母だったか伯母だったか、むかしは江《え》の島《しま》のあたりでこういう貝細工がいろいろ売られていたのよね、と言っていた。

だが、みんなひとつかふたつが限界だった。そんなにたくさんの人形を持ち帰っても、飾るところがない。それで、残りは人形供養に出したのだ。

いまもあの日の、舞い散る花びらの下の人形たちのことをよく覚えている。ずっと部屋のなかにいた人形たちが、晴れた空の下で光を浴びている。人形たちのお祭りみたいだった。なんだか少し悲しくて、でもみんな陽《ひ》の光と桜の花びらを受けて、喜んでいるように見えた。

桜の木の向こうに、上原さんの姿が見えた。フロントに立っていたときのスーツではなく、アウトドア用の服を着て、森林ガイドツアーの札を手に持っている。まわりの人たちになにか説明していて、上原さんはガイドツアーの仕事もするのか、と思った。

　じっと目で追っていると、列のなかに昨日レストランで見かけた男女がいた。手紙室から出てきた三人組の女性の姿も。みな双眼鏡を片手に、上原さんの説明を聞いている。

　しばらく庭のなかを見たあと、隅の入口から裏の山に向かう小道にはいっていった。あの先がガイドツアーで使うトレッキングルートなのだろう。ツアーの人たちのうしろ姿を見送って、ホテルに向かって引き返した。


　ワークショップまでまだ時間があったので、部屋に戻って本を持ってきた。ラウンジで暖炉の近くの席に座り、コーヒーを頼んだ。

　コーヒーを運んできてくれたフロアスタッフによると、暖炉はここがホテルになる前からあったもので、飾りではなくほんものらしい。真冬にはいまでもここで火を焚《た》くんですよ、と言っていた。暖炉のとなりにはホテルの創業者である上原周造の像と、銀河ホテルの沿革の説明があった。

　この建物が戦前の築であること、当時の富豪が別荘として建てたものであること、その人がイギリス好きで、若いころに自分が泊まったロンドン郊外の宿をモデルにして設計させたということ。来る前にサイトで見たのと同じ内容が記されている。

上原周造……。上原？　あの男性スタッフと同じ苗字だ。ここに来る途中の新幹線のなかで読んだホテルの説明にも上原という名前は出てきたけれど、すっかり忘れていた。偶然？　それとも血縁なのだろうか。

持ってきた本をめくるうちに、いつのまにか十一時四十五分を過ぎていた。手紙室にはワークショップ開始の十分前までにはいるように言われている。

手紙、どうしようか。結局まだなにも考えていなかったことに気づいた。どんなことを書けばいいんだろう。いや、そもそもだれに書けばいいんだ？

楠原先輩のお母さんは迷っていることがあるときに受けるといいと言っていたらしい。わたしはいま迷っている。だからワークショップを受ける気になった。でも、言葉を届けたい特定の相手がいるわけじゃない。だれに向けて書けばいいのか、見当もつかなかった。

——手紙室のお客さまのなかには、手紙の内容はもちろん、だれに送るのかさえ決めずにお越しになる方もいらっしゃいます。

上原さんはそう言っていたけど……。

過去のわたし自身に書くという手もあるかもしれない。たとえば、ＳＮＳをはじめる前の自分？　あとでこんなことが起こるよ、と教えるとか？　でも、その手紙がほんとうに過去に届くわけじゃないんだ。警告したところで意味はない。

なにも決まらないままコーヒーを飲み干し、席を立った。

手紙室の前に立ち、深呼吸してからドアを開けた。

真っ白い壁。棚にならんだ無数のカラーインク。カラーインクが流行っているという話はよく聞くし、文具店にインクの瓶がならんでいるのを見たこともあったが、ここまでの数を目にするのははじめてだ。

「いらっしゃいませ」

棚の端にあるカウンターに、例の彫りの深いイケオジが立っていた。

「十二時からワークショップを受ける藤本です」

少し気後れしながら会釈した。

「こんにちは。ワークショップを担当する苅部です」

イケオジがそう答えて会釈する。やはりこの人が苅部さんなんだな、と思った。

「すみません、人に勧められてワークショップを受けることにしたんですが、実はだれに手紙を書くのかさえ決まっていなくて……」

「そうですか」

苅部さんが微笑み、わたしの目をじっと見る。その澄んだ瞳に吸いこまれそうになり、どぎまぎした。

「大丈夫ですよ。そういう方はたくさんいらっしゃいます。でも、ここに来られたということは、書くことがあるということですから」

ここに来られたということは、書くことがあるということ。

そう言い切られると、そんな気もしてくる。お見通しだ、と言われているような気がして、鳥肌が立った。

「だれに書くかはこれから考えていただくとして、まずは手紙室のルールをお話ししますね」

苅部さんがカウンターから出てくる。

「こちらにあるインクはどれを使ってもかまいません。何色でもOKです。インク瓶の前に、そのインクで書いたサンプルを貼ってありますが、気になる色があれば試し書きもできます。試し書きをしているうちになにを書くか決まることもありますから、好きな色を選んでこのカゴに入れてみてください」

苅部さんがそう言って、カゴを差し出した。カゴを受け取り、インクの棚の前に移動する。青や黒だけじゃない、赤系、黄色系、緑系、紫系、茶色系などなど、色の系統ごとに分類されているみたいだ。

好きな色か。好きな色を一色に決めるというのはなかなかむずかしい。だが、赤や黄色や橙《だいだい》、茶色のような暖色より、どちらかといえば寒色系の方が好きな気がする。青、緑、紫あたりの棚の前をうろうろして見くらべた。

　手紙を書くことを考えるとある程度濃い色を想定していたが、淡い色もずいぶん数がそろっている。ふと、以前ＳＮＳで見た、ラメがはいったインクのことを思い出した。光る粒子がはいったインクで、紙の上でぬらぬらと光るのだ。

「あの、よくわからないのですが、ラメがはいったものはないのでしょうか」

「ラメ！　よくご存じですね」

　苅部さんが目を丸くした。

「ＳＮＳで見たんです。ガラスペンで書写をする動画をあげているアカウントがあって。よくラメのはいったインクを使っていたんです。それがすごくきれいで……」

　インクは水分が多い。ボールペンのような筆記用具とちがって、書いたときは紙の上に水分が盛りあがったようになる。そのなかできらきらしたラメが揺れる。その動画に惹きつけられ、何度もくりかえし観た。インクが乾くと紙の上にきらきらが定着し、光の当たる角度によって文字が光る。

「ラメのはいったインク、ありますよ。こちらにまとめてあります」

　苅部さんに案内され、端の方に向かった。

「このあたりはすべてラメがはいったインクです。ラメ入りは詰まりやすいので万年筆では使えませんし、いろいろ面倒な点も多いんですが、特別の魅力がありますよね」

かれた瓶を指す。

「この四角い瓶はエルバンというメーカーのものです。全部ラメ入りで……」

　苅部さんはそう言って、Émeraude de Chivor、Bleu Océan、Kyanite du Népalと書かれた瓶を指す。

「JACQUES HERBINは一六七〇年に設立されたフランスの老舗ブランドです。このあたりはブランドの創始者ジャック・エルバンを記念して作られたアニバーサリーインクなんです。こちらもですね」

　苅部さんがVert Atlantideと書かれたインクを手に取った。

「英語だと、アトランティス・グリーンですね。ジャック・エルバンはインクとシーリングワックスの原料を求めて世界中を航海した冒険者で、失われた大陸アトランティスに思いを馳《は》せながら航海していたという伝承があるそうで……」

　航海……。そのころはまだ飛行機もなく、船で何ヶ月もかけて世界をめぐっていたんだな、と思う。アトランティス・グリーンというのは失われた大陸の緑ということか。

「こちらのEmeraude de Chivorのチボーは、エメラルド鉱山の名前だそうです。エルバンは航海の際、エメラルドをお守りにしていたそうで」

「歴史があるものなんですね」

「筆記用具は歴史のある道具ですよ。人類の歴史がはじまったときから人は記録をし続けていましたし、むかしは手書きするしかありませんでしたからね」

　たしかにその通りだ。記録を残すためには筆記用具が必要だ。衣類や食器と同じように、筆記用具も人類の歴史とともにあったということなんだろう。しかし、当時の人たちは食べ物を自ら収穫し、衣類も食器も手でつくり、船で世界を旅した上に、手書きで記録を残していたのか。

　エルバンのインクのほか、いくつかラメのはいったインクをカゴに入れてカウンターに戻った。苅部さんがつけペンを用意してくれていた。

「ラメは下の方に沈んでますから、使うたびに攪拌《かくはん》しないといけないんです。そこがちょっと面倒なんですが」

　インク瓶をよく振って、ラメが液体のなかに広がったのを確認してから、蓋つきの小瓶に取り分ける。そこにつけペンを入れ、試し書き用の紙に線を引いた。ラメが漂い、きらきらと輝く。ＳＮＳの動画でも見ていたが、実物のうつくしさは格別だった。

　持ってきたインクを次々に試す。どれもため息が出るほどうつくしかったが、苅部さんが最初に見せてくれたVert Atlantideにしようと思った。でも……。

　これで文章を書く？　いったいなにを書けばいいんだろう。

「どれにするか決まりましたか」

　苅部さんがやってきて、そう訊いた。

「インクは決めました。Vert Atlantideにしようと思います。でも、だれになにを書くかが相変わらず決まらなくて」

迷いながら答えた。

「そうですか」

苅部さんはうなずいて、少し微笑んだ。

「考えていることはあるんです。どうしても自分で決められないことがあって。それを考えるためにこのワークショップを受けてみようと思いました。でも、だれに手紙を書けばいいのか、さっぱり思いつかなくて」

わたしは苦笑いした。

人に訊いてもどうしようもない、自分で決めることじゃないか。

「もしかすると、藤本さんに必要なのは手紙じゃないのかもしれませんね」

苅部さんが言った。

「手紙じゃない？　どういう意味ですか？」

手紙を書くワークショップなのに、手紙じゃない？

「ここに来られる方の全員が手紙を書くわけじゃ、ないんです。絵を描いた方もいらっしゃいましたし」

「絵？」

「こちらのフクロウの絵は、お客さまが描いたものなんです。なかなかかわいいでしょう?」

苅部さんに言われ、カウンターの隅にある額を見た。フクロウの絵がはいっている。子どもの本の挿絵のようにかわいいが、どことなく深みもあり、味わい深い。

「素敵ですね。これもカラーインクで描いたものなんですか」

「ええ。カラーインクはイラストやカリグラフィで使われることも多くて」

苅部さんが微笑んだ。

「でも、わたしは絵も描けないですから。できるのは写真を撮ることぐらいで」

うっかりそう言ってしまい、はっと口をつぐんだ。写真だって別にうまいわけじゃない。言うほどのことじゃなかった、と後悔した。

「写真?」

苅部さんがわたしをじっと見る。

「あ、いえ、趣味ということです。スマホで撮るだけで……」

「スマホで。でも、お好きなんですよね」

そう訊かれ、答えに詰まった。写真を撮ることが好きなのか、よくわからない。

なにを書くか相談するためにも、こんなふうに隠していないで、正直にSNSのことを話した方がいいんじゃないか。外で会うことはない人だし、ホテルの仕事だからぺらぺら人にしゃべったりはしないだろう。

「実はわたし、SNSのアカウントがあって……」

そこで言葉に詰まった。いくらなんでもこれだけで伝わるわけがない。事情をちゃんと話さないと。だが、炎上という言葉を口に出すのが怖かった。

「炎上したとか？」

苅部さんにさらっと言われ、身体が硬直した。

「そうです」

仕方なくうなずいた。なんでわかったんだろう。でも、よく考えたらありがちな話だよな、と思って歯噛みする。だが、話そうと思っていたことだ。言ってもらえて気が楽になった。

「それはたいへんでしたね」

苅部さんは息をついた。どこから話したらいいのかわからず、じっと黙った。

「旅先の写真をあげていたんです。有名な観光地じゃなくて、ふつうの町が好きで。昭和っぽい風景に惹かれてて……」

苅部さんはうなずくだけでなにも言わない。言葉だけでは伝わらないと思い、スマホを取り出し、自分のアカウントを画面に出した。

「見せてもらってもいいですか？」

「どうぞ」

莇部さんは画面をスクロールしながら画像を見ている。

「素敵じゃないですか」

ややあって、そう言った。

「雰囲気もあるし、人気が出るのもわかります。炎上しそうな内容とも思いませんが」

「風景写真だけならそんなことにはならなかったのかもしれません。でも、フォロワー数が増えてくるとホテルやレストランから投稿の依頼が来ることもあって」

わたしは炎上の経緯を話した。

「世の中から見たら、たいした炎上じゃないんだと思います。でもコメント欄に、搾取とか暴力という言葉もあって……。想像以上にその言葉が応えました」

「そうでしたか。SNSはたいへんですね。叩《たた》かれている人にはなにを言ってもいいという空気ができていますから」

その通りだった。炎上の理由などどうでもよくて、ただ叩きたくて叩く人がたくさんいる。SNSがそういう場所であることも、ちゃんとわかっていたつもりだった。

「悩んでいるというのは、アカウントを消すかどうか、ということですか？」

またしても見破られたと思う。

「そうです。少し経てばみんな忘れるというのはわかっているんです。でも、このアカウントでなにを言っても、もうだれにも信じてもらえない気もして」

「そんなことはないんじゃないですか。炎上にのって発言しているのは一部の人間だけで、もとのフォロワーのなかには気持ちが変わっていない人も多い気がしますよ」

「そうかもしれません。それでも、もう傷がついてしまったもの、という気持ちがぬぐえないんです。ただ、わたしはふつうの会社員で、会社で昇進できる見込みもないですし、SNSくらいしか居場所がないのも事実で。ここを捨ててしまったら、自分が自分である理由がなくなってしまうんじゃないかって」

「会社の人は藤本さんがこのアカウントを運営していることを知ってるんですか？」

「知りません。だれにも話していないんです。両親はSNSに馴染みがないので、炎上のことは気づいてないと思います。だからここでやめてしまっても、リアルな人間関係にはなんの影響もありません」

「それはよかったですね」

苅部さんは落ち着いた口調でうなずき、しばらく沈黙が続いた。

ややあって、苅部さんが言った。

「藤本さん」

「ここは手紙室です。わたしにできるのはインク選びや手紙を書くことに関するお手伝いだけ。藤本さんの悩みに答えることはできません。でも話を聞いていると、藤本さんが大事にしているのは、そのアカウントを発展させることではないような気がします」

「どういう意味ですか？」

「ＳＮＳになにを求めるかは人によってちがうと思いますが、影響力を高めたいんだったらフォロワーを増やすことが第一でしょう。世の中にはわざと炎上することで自分のアカウントへの注目を高める人だっています。藤本さんはそうじゃないですよね」

「それは……。そうかもしれません」

少し迷ってからわたしはそう答えた。

「先ほどそのアカウントを捨てたら自分の居場所がなくなるともおっしゃっていましたが、それがいやなら、他人になにを言われても続ければいい。どうせみなすぐに忘れるでしょうし」

「その通りです」

「先ほど、搾取や暴力という言葉が応えたとおっしゃってましたよね。もしかすると藤本さんは、ご自分のＳＮＳの在り方に疑問を感じていたんじゃないですか。そこを指摘された気がして、自分のしていることを肯定できなくなってしまった」

苅部さんの言葉に、はっとした。そうかもしれない。写真の一件はホテル側が仕組んだことだった。でも、そもそもホテルやレストランに頼まれて撮影し、投稿するのはおかしいと思っていた気がする。自分が本来したいこととはちがうということだ。

「そうかもしれないです。そんなことのためにSNSをはじめたんじゃないのに、という気持ちがありました」

最初は……。最初はなんだったんだろう。

頭のなかに祖父母の家の型板ガラスや、桜の花びらを浴びる人形たちの姿が浮かんだ。

「藤本さんのSNSを拝見して感じたことですが」

苅部さんが考えながら言う。

「撮影する対象の選び方にはっきりした基準がありますよね」

「はい、あると思います。最初にお話ししましたが、昭和っぽいものに惹かれて……。そもそも祖父母の家に対する郷愁からはじまったんです。祖父母はわたしが高校生のころに相次いで亡くなって、家も取り壊されてしまったんですが、そこにあったもののことが忘れられなくて……。大学でも、地域再生に関するゼミにはいりました」

「なるほど」

苅部さんがうなずく。

「栄えている場所はどんどんあたらしいものができるので、少し前のものはほとんど残ってないんです。江戸時代とか明治時代のものだと大事に保存しなければならないと思うんでしょうけど、比較的近い時代のものは古臭いもの、不便なもの、と見なされて潰されてしまう。父や母も、どこにでもあるようなものって言ってましたし」

なぜか熱心に語っていた。

「でも、わたしから見ると、どれも味わいがありました。手作りというより、工場で作った規格品も多いんですが、それでも、いまのものとはちがう魅力があって……」

「もしかしたら、いまわたしたちがあたりまえに使っているものも、何十年も経ったらそう見えるのかもしれませんね。わたしたちはあたりまえだと思っているけど、どんなものもいつかあたりまえじゃなくなる」

莉部さんが笑った。

「そうですね」

わたしもつられて笑った。

そして、あたりまえにあったものが消えていってしまうこと。わたしはそれがさびしかったんだ、と気づいた。

前に進むためには仕方のないことだけれど、一度消えたものは二度とよみがえらない。大学のゼミでエリアリノベーションを選んだのも、ＳＮＳで昭和の面影を残す風景を紹介しはじめたのも、そこにもう一度光を当てられると思ったから。

そして一瞬後、それがわたしの大事にしているものだったんだ、と気づいた。ちゃんとあったんだな。「自分の奥底にある大切な思い」が、わたしにも。

炎上が応えたのは、そういう自分の思いが、汚いものになってしまった気がしたから。SNS上の評判や話題性にとらわれて、もともとの目的を見失ってしまっていた。

「さっきも言いましたが、悩みに対する答えを出すことはできません。わたしにできるのは、手紙に関するアドバイスだけです」

苅部さんが言った。

手紙……。

試し書きの紙を見おろす。深い緑のインク。角度によって、ラメがきらきら光る。

「先ほど、書くのは手紙じゃなくてもいいとお話ししましたよね」

「はい」

苅部さんの言葉にうなずいた。

「まあ、これも自分宛の一種の手紙と言えるのかもしれませんが、たとえば、計画書のようなものでもいいと思うんです」

「計画書……ですか?」

意図がつかめず、訊き返す。

「計画書というか、これからしたいことのリストと言いますか……」

苅部さんが天井を見あげた。

「藤本さんは、ご自分のSNSがこのままでいいか迷っている。たぶん、原因はもうおわかりなんじゃないかと思います。でも、いま考えるべきなのは過去じゃなくて、未来のこと。なぜこうなったかを考えるより、自分がこの先なにをしたいのかを考えてみるのはどうですか？」

「この先……なにをしたいか……」

目の前にぼんやりと世界が広がった。

「はい。どちらに向かって進んで行きたいのか。進みたい方向によって、いますべきことも変わってくるでしょう？」

これまでしてきたことをすっぱりやめられるならアカウントを消せばいい。仕切り直すという考え方もある。すべて、これから進む方向を定めなければ決められない。

「できるだけ具体的な方がいいと思いますよ。行きたい場所とか、撮りたいものとか、できるだけ具体的にしていくんです。そしてできれば、何年までにこういうことをするというような目標もあった方がいい。どこに行きたいのか、どうなりたいのか」

「目標……」

「そんなに遠くなくていいんです。とりあえずいま目指す場所を決める。そこに着いて、ちがったと思ったらやり直せばいい。よかったと思えば、さらに進む先を決める」

苅部さんがそう言って、インクの瓶を持ちあげ、光に透かした。

「とりあえずの目的地を決めなければ、航海できないでしょう」

瓶のなかでインクが揺れる。きらきらしたラメが舞いあがった。アトランティス・グリーン。海に沈んだまぼろしの大陸。

とりあえず目指す場所を決める。ただ惰性で続けているだけじゃダメなんだ。行きたい場所を自分で定めないと。

「そうですね」

わたしは深呼吸した。

「書けそうですか」

苅部さんが微笑む。

「やってみます」

「よかった。では、あちらの机に移動しましょうか」

苅部さんにそう言われ、部屋の真ん中の机に移動する。机の上はひとつひとつ板で仕切られている。そのうちのひとつの前の椅子に座る。苅部さんがつけペンとインク、紙の束を持ってきて、机の上に置いた。

「これは試し書き用です。まずはこちらに自由に書いてみてください。内容が固まりましたら、本番の紙をお渡しします」

「わかりました」

そう答えて、ペンを手に取った。

6

これからの計画……。紙を見つめ、じっと考えた。

目的地はおろか、進む方向すらまだ見えない。だから、まずはこれまで気になっていたものを書き出すことにした。インクの小瓶を振り、ペン先を浸す。

そして、型板ガラスと記した。それから壁紙。人形。魔法瓶。柄のついたグラス。電化製品や調理器具。祖父母の家にあったものを思い出しながら次々に書き記す。

書いているうちに、大学のゼミで訪れたさまざまな場所のことが頭に浮かんできた。

団地、銭湯、商店街……。

戦後に建てられた団地は、だんだん建て替えられていっている。ゼミで古い建物が残っている土地に行ったことがあるが、団地内の小さな商店街にはむかしのままの店がならんでいた。ああいう場所ももう少ししたらなくなってしまうのだろう。

銭湯もだんだん減っている。わたしの家の近くの銭湯も、わたしが小学生のころになくなってしまった。商店街については建物はそのままで、代替わりしている場所もけっこうあるみたいだ。エリアリノベーションで活性化した事例も見た。

それから、花やしきみたいな古い遊園地。大学時代、昭和期の遊園地を見てまわりたいと思っていたことも思い出した。むかしの遊園地にはテーマパークとはちがう手作り感がある。にぎやかだったころの雰囲気が残っていて、ものさびしさを感じることもある。

そういえば、デパートの屋上遊園地というのもあったっけ。これももうほとんどないけれど、まだいくつか残っているところがあると聞いた。いつ取り壊されてしまうかわからないから、早く行かなければ、と思っていた。

見たいものはいろいろあった。でも、そうやって古いものをめぐり歩いて、わたしはいったいなにをしたいのだろうか。古いものを保護したいというのとはちがう。消えてしまうのはさびしいことだが、これからのためには仕方がないことだ。

記録しておきたいということか。それならこれまで通り写真でいいのかもしれない。だけど、画像をあげるだけでは不十分だ。それがなんなのか、きちんと説明しないと。

——そしてできれば、何年までにこういうことをするというような目標もあった方がいい。どこに行きたいのか、どうなりたいのか。

さっきの苅部さんの言葉を思い出す。

——そんなに遠くなくていいんです。とりあえずいま目指す場所を決める。そこに着いて、ちがったと思ったらやり直せばいい。よかったと思えば、さらに進む先を決める。

——とりあえずの目的地を決めなければ、航海できないでしょう。

苅部さんはそう言った。

そうだよね。出発しなければどこにもたどり着けない。合っているかまちがっているかも、着いてみないとわからないのかもしれない。

わたしがしたいのは、自分のアカウントの影響力を高めることじゃない。学生時代はエリアリノベーションに携わりたい気持ちもあったけれど、いまはそれがむずかしいとよくわかっているし、それが自分のほんとうにやりたいことかと言われると、少しちがう気がする。

わたしはたぶん、古いものがそこにあったことを人に知ってもらいたいんだと思う。でも、ただ写真をアップするのはちがう。そのものの作り方や歴史を掘りさげて紹介したい。どんな人たちがどうやってそれを作っていたのか。どうして人々に求められたのか。そしてどうして消えていったのか。

昨日の夜に読んだ『遊覧日記』を思い出す。あの本に描かれていた世界は、もうどこにもない。同じ道や建物が残っていたとしても、いろいろなものが変わってしまっている。漂う空気も、そこを歩く人々も。でも、あの文章があるから、なにかを感じ取ることはできる。

そこにいまとちがうものがあったと、想像することができる。

わたしがしたいのもそういうことかもしれない。あんな文章を書くことはできないけど、サイトを作るのはどうだろう。SNSには書ききれない説明をきちんと入れて、興味を持った人に情報を伝えるサイト。写真をアップするのとちがって、調べものも必要だし、きっとすごく手間がかかるだろう。でも、役に立つ。

まずはこれまでSNSに投稿してきた写真を整理してみよう。それから調べ物だ。わかっているようでわかっていないことがたくさんあるにちがいない。

サイトというあり方でいいのか、自分の力でどれほどの内容のものができるのかわからない。でもとりあえず出発するんだ。

「苅部さん、すみません」

わたしが呼ぶと、カウンターにいた苅部さんがやってきた。

「書くことは決まりましたか」

「はい、決まりました」

「よかったです。では便箋をお渡しします」

苅部さんは一度カウンターに戻って、真っ白い紙を持ってきた。紙を受け取り、机の上に置く。インクの入った小瓶を振る。ラメが均等に混ざったのを確認し、蓋を開ける。

ペン先をつけて、大きく息をつく。

ラメの光るインクで、文字を書きはじめる。

今年度の目標　サイトを作る
１　これまでＳＮＳに投稿した写真をジャンルごとに整理する。
２　ジャンルごとにその歴史を調べ、説明の文章を作成する。
３　ウェブサイトの作り方を学び、サイトを構築する。
４　サイトのタイトルを考え、事前に宣伝告知をおこなう。
５　サイトを完成させ、来春までに公開する。

５に「来春までに公開する」と書いたとき、少し身震いした。

サイトの内容はまわりの人にも見てもらおう。父や母、大学時代のゼミの教授、同期……。みんなに送って、反応を見る。それから会社の同僚にも。内容がしっかり伝わるか、ほかの人に興味を持ってもらえる内容かは人に見てもらわなければわからないことだから。

もちろん、会社の仕事に支障が出るようなことはしない。きちんと計画を立て、人に迷惑をかけないように準備を進めていく。

サイトは少しでも多くの人に見てもらえるようにしたい。

だから、これまでのアカウントは消さない。

そう決めた。せっかく五万人のフォロワーがいるんだ。それを生かさないと。

ただし、もうホテルやレストランからの依頼は受けない。あたらしい写真をアップするのもしばらく休む。今回決めたステップを優先させ、サイトの内容をSNSでも少しずつ公開していく。

今年度中にサイトを完成させ、来年の春、つまりいまから一年後に公開する。

計画書を書き終え、ペンを置いた。インクが乾き、紙に染みこんでいく。紙に書いた文字は消えない。ものとして残り続ける。アトランティス・グリーンの、きらきら光る文字を見ながら、書いたからにはこれを実現させなければ、と決意した。

莉部さんに書きあがったことを伝えると、莉部さんは真っ白い封筒を持ってやってきた。封筒を受け取って折りたたんだ便箋を入れ、封をした。

「この手紙はどうされますか」

莉部さんが訊いてきた。

「どうする、とは?」

「書きあがった手紙はここで預かることもできますし、持ち帰っていただくこともできることになっているんです。あとで取りに来ることもできますが、その場合は基本的に本人にしかお渡しできないルールになっていまして」

莉部さんが言った。そういえばリーフレットにもそんなことが書かれていた、と思い出した。

「そうですね」

少し迷った。計画の内容は単純だから、忘れることはないだろう。持ち帰ってときどき見返すという考え方もあるが、ここに保管してもらった方が緊張感を保てる気がした。

「預かっていただこうと思います。自分で持っていると、決意がぐずぐずになってしまいそうで。ここにあればだれかに見張られているみたいで、がんばれる気がします」

わたしは笑った。

「なるほど。そういう考え方もありますね」

苅部さんも笑った。

「では、どうぞ。保管室はこちらです」

わたしの手紙をフォルダにはさみ、苅部さんが奥の扉を開ける。細長い部屋だった。部屋の両側に手紙を保管する棚があり、苅部さんが持っているのと同じフォルダが無数にささっている。これがすべてだれかの手紙なのかと考えると、胸に迫るものがあった。昨日の三人連れの女性たちの手紙も、泣いていたあの男性の手紙もここにささっているということか。

「たくさんあるんですね」

「そうですね。手紙室をはじめてもう十五年以上になります。その間に預かった手紙がすべて保存されていますから」

苅部さんは棚を見あげながらそう言って、わたしの手紙がはいったフォルダをいちばん端に差しこんだ。

手紙室に戻る。苅部さんが電話で注文してくれて、ラウンジからコーヒーが運ばれてきた。苅部さんはなにも訊いてこなかったけれど、わたしはSNSの写真をまとめてウェブサイトを作るつもりだと話した。

「ウェブサイトを。いいですね」

苅部さんがうなずいた。

「単純にアクセスだけだったら、SNSの方がいいと思うんです。まとまった情報を求めている人は少ないかもしれない。でも、ちゃんと解説の文章をつけて体系的にまとめておきたいと思って」

「いいんじゃないですか」

苅部さんは微笑んでいる。

「もともとは個人的な思いからはじまったものでしたが、SNSで発信しているうちに、似たような気持ちを抱えている人がたくさんいることを知りました。むかしはどこにでもあったものですから、覚えている人も多いのでしょう」

「そうですね、藤本さんのＳＮＳに載っていたようなものは、わたしも見たことがあります。ふだんは忘れていますが、人は見たことのあるものを忘れないんですよね。記憶の底の方に残っていて、実物や写真を見ればよみがえってくる」

　苅部さんの言葉にうなずいた。

「戦後、世の中に工場で量産されたものがあふれていって、みんながそれに飛びついて、飽きて、忘れていった。流行っているときはみんな夢中になるのに、流行が去るととたんに古臭いものに見える。でもすごく時間が経ってから見ると、やっぱりいいな、と思ったり。そういうことのくりかえしで……」

「人間の感覚は不思議です。不確かで、軽薄で、なんの根拠もない。でもそれが彩りを生み出し、世の中にうねりをつけていくんですね」

　苅部さんが笑った。

「このホテルはその点、堅固ですよね。長い歴史があって、揺るがないもので貫かれている」

　わたしがそう言うと、苅部さんが、ほう、という顔になった。

「外見は……そうですね。ホテルとしてオープンしたときの形をずっと維持している。客室もです。そこにお客さまの記憶が宿っていて、何度来ても同じだと思ってもらいたいので」

お客さまの記憶……。その言葉が耳に残った。

「ホテルというのは旅行で泊まるものでしょう？　多くの人にとって、旅行というのは日常から切り離された特別のものです。町なかのビジネスホテルは別でしょうけど、銀河ホテルみたいな観光地のホテルはとくにね。ふだんは仕事や学校で別々の日常を送っている家族が休暇で行動をともにするとか、学校で顔を合わせるだけの友だちと何日かずっといっしょに過ごすとか。新婚旅行やなにかの記念というのもありますよね。どれもみんな特別な日で、記憶に残るときなんです」

「そうですね」

「だから変わらないでいたいと思うんですよ。常連さんたちは、ここに来ると皆さん、前に来たときと同じだ、とおっしゃいます。そのとき、ほっとした顔になるんです。このホテルはそれがなにより大事なことだと思っているので。だから維持はたいへんですが、最初の姿を出来るだけ守っているんです」

苅部さんの話を聞きながら、そういう考えに根ざしたものだったのか、と思う。このホテルは戦後からずっとここにあって、この姿を守っている。

「でもね、まったく同じ姿のまま、というわけにはいかないところもあります。この手紙室も以前は別の施設でした」

「ああ、映画室だったんですよね」

　ネットで調べたときのことを思い出した。

「はい。手紙室が客席で、保管室が映写室。でも、わたしがここで働きはじめたときはもう映画はほとんど上映されていませんでした。客室のテレビを大きくして部屋でビデオを観られるようになっていましたから」

「そうだったんですか」

　それはサイトには書かれていなかったな、と思う。

「もちろん皆さん好きな映画を好きな時間に観られるし、その方が便利なのはまちがいのないことなんですけど。でも、ちょっと味気ないって残念がるお客さまも多かったんです」

「それはちょっとわかる気がします」

　わたしはうなずいた。

「となりの蔵書室もむかしは撞球室でしたし、さっきもお話ししたように、部屋のテレビなども時代に合わせて替えていっています。完全にむかしのままでもお客さまはついてこない。だから維持すべきところは維持しつつ、変えているところもあります」

　苅部さんは手紙室のなかを見まわした。

「ずっとむかしに来られた方がこの部屋や蔵書室を見て、変わったね、とおっしゃることもあって、そのたびに申し訳ない気持ちになるんですが、でも、このホテルを残していくことがいちばん大事なことだと思いますから」

「そうですね」

「この建物は昭和初期に建てられたものです。東京ではその時期の建物の多くが戦争で失われました。でも、残った建物を見れば当時どんなものがあったのかわかる。当時の建材や建築技術も。ここはホテルになったから維持できている。資料館のような形ではなく、人が泊まる生きた建物として」

「そこが素晴らしいですよね」

「この建物、もとの持ち主がイギリスで泊まった宿をモデルにしたとか。建てられたときから、建物自身も宿になりたいと思っていたのかもしれません」

建物が宿になりたいと思っていた？

不思議なことを言う人だ、と思って、少し笑った。


手紙室を出て、ダイニングルームでランチをとった。手紙、というか、計画書を書いただけなのに、妙にお腹が空いている。

ランチはいわゆる洋食がメインで、「創業当時からの伝統のメニュー」と書かれたカレーを注文した。カレーはオーソドックスなおいしさだった。

少し離れた席に昨日の夜、手紙室から出てきた男の人の姿があった。ひとりでビーフシチューを食べている。あのときのような思いつめた表情ではない。手紙室でなにを書いたのかわからないけれど、あの人もきっとなにかを決意したんだろう。

――ホテルというのは旅行で泊まるものでしょう？　多くの人にとって、旅行というのは日常から切り離された特別のものです。

――ふだんは仕事や学校で別々の日常を送っている家族が休暇で行動をともにするとか、学校で顔を合わせるだけの友だちと何日かずっといっしょに過ごすとか。新婚旅行やなにかの記念というのもありますよね。どれもみんな特別な日で、記憶に残るときなんです。

――だから変わらないでいたいと思うんですよ。常連さんたちは、ここに来ると皆さん、前に来たときと同じだ、とおっしゃいます。そのとき、ほっとした顔になるんです。このホテルはそれがなにより大事なことだと思っているので。

苅部さんの言葉を思い出す。ホテルは、そうした人々の記憶がたくさん宿った場所だ。いい思い出ばかりじゃないかもしれない。ここでのしあわせだった記憶があとで苦いものに変わることもあるかもしれない。

それでもここが同じ姿であり続けるなら、記憶のなかの灯台になるだろう。位置を変えずに光り続ける灯台のように、みなの記憶を照らしてくれるだろう。

カレーを食べ終え、席を立った。ダイニングルームを出ると、フロントには上原さんの姿があった。近くに客の姿はない。手紙室を勧めてくれたお礼を言おうと、わたしはフロントに近づいた。

「あの、昨日はありがとうございました」

「手紙室のワークショップ、終わったんですね。いかがでしたか?」

上原さんがにこにこと話しかけてくる。

「よかったです。迷っていたことがあったんですが、ワークショップを受けたことで、なんとか方向を決めることができました」

「そうでしたか。お役に立てたならなによりです」

上原さんが微笑む。胸の名札を見て、訊こうと思っていたことを思い出した。

「あの、上原さんって、ここの創業者のご親戚なんですか?」

「え、ええ、実はそうなんです。創業者の上原周造は僕の曽祖父にあたります」

「やっぱりそうだったんですね。昨日、このホテルで働くか迷っていた、とおっしゃってましたが、それは自分の家の仕事だったから、ということですか?」

「まあ、そうですね。家業を継ぐというのが安直にも思えましたし、窮屈でもありましたから」

上原さんが困ったように笑う。

「窮屈というのは少しわかるような気がします」

「いまは僕の母が社長になっていて……。いえ、母はここの家系のものではなくて、僕が子どものころに父が亡くなったからなんですが」

「子どものころに……」

なんと答えていいのかわからなくなり、そこで止まった。

「とにかく、高校生のころはそれがすごく重荷に感じられて。それで大学は東京に出て、いったん東京で就職したんですが、会社が潰れてしまって」

上原さんがため息をつく。なんだか不運な人なんだな、と思った。

「体調も崩してしまったので、こちらに戻ってきて、ここで働くことを母に勧められたんですが、最初はどうも気が進まなかったんですよね。そんなとき、莉部のワークショップを受けたんです。手紙は、亡くなった父に書きました」

昨日はだれに書いたかまでは聞かなかったが、書く相手は決めていた、と言っていたのを思い出した。

「手紙を書くうちに、記憶がいろいろよみがえってきて、父と会話するような気持ちになったんです。それで、ここで働くことを決めました」

「重荷ではなくなったんですか？」

「いえ、そうでもないです」

上原さんが笑った。

「お客さまにとって、ホテルで過ごす時間は特別なものですから。その時間が良いものになるよう、できるかぎり努力しないといけない。むずかしいことです」

上原さんはにっこりと微笑んだ。

「ところでどうでしたか、苅部は。ちょっと変わった人だったでしょう?」

「そうですね。でもすごい人だと思いました。鋭いところがあるというか」

「ええ、そうなんです。このホテルの救世主みたいな人なんですよ」

「救世主?」

わたしが首をかしげると、上原さんは苅部さんがここで働くようになった経緯を話してくれた。九〇年代、時代が変わってきて、銀河ホテルの経営が傾いた時期があったこと。そこにどこからか苅部さんがやってきて、その働きぶりでホテルが盛り返したこと。

「苅部がやってきたことで、ホテルに活気が戻ってきたんだそうです。そして、少し経営が上向くと、彼はアクティビティを充実させることを提案したんです。最初は森林ガイドツアー、それから園芸関係や室内のアクティビティもはじめて……。スタッフがそろって軌道にのったところで、手紙室を作りました」

「そうだったんですか、すごい能力がある人なんですね」

「ええ。実は苅部はこのホテルの敷地内に住んでいて、自分のことを『銀河ホテルの居候』だと言ってます。でも古いスタッフのなかには彼のことを『銀河ホテルの守り神』と呼ぶ人もいて。少し変わったところもあるんですが、僕もそう思います」

上原さんが手紙室の方をちらっと見た。

「僕はこちらに戻ってから、ホテルの部署をひととおり経験しました。森林ガイドツアーも担当していて、ミニトレッキングならひとりで案内ができるようになりました」

「そういえば、今日の午前中もツアーを率いてましたよね」

「え、ええ。なぜそれを？」

「庭で見てたんです。フロントだけじゃなくて、ツアーもされるんだな、と思って」

「はい。そうなんです。手紙室にはいることもあるんですが」

「手紙室に？」

「まだ助手ですが。あの仕事は苅部しかできないので。でも、手紙室がどんどん混んできて、最近では朝から夜までまったく休みが取れないことも多くて。それで、ワークショップ後の片付けを僕がしたりすることで対応しています。ゆくゆくは僕がワークショップを担当できるように、見習いとして同席させてもらってるんですが……」

上原さんが息をついた。

「すごくむずかしいんです。森林ガイドツアーよりずっと。迷いや悩みを抱えていらっしゃる方も多くて、僕にはまだまだそれを察することができないんです」

「わかります。あれはそうそうできることじゃない気がします」

アカウントをどうするかずっと結論を出せずにいたのに、あのワークショップを受けたことで糸口が見えた気がした。なんでそうなったのか自分でもよくわからない。

祖父母の家の記憶にたどり着いたのは、ワークショップを受ける前のこと。ここに来て本を読んだり、ひとりでゆっくり考えたことがよかったのかもしれない。苅部さんの「具体的な目標をもつ」というアドバイスも、このホテルの経営を立て直した実力者だと思えば、納得がいく。

でも、どうしてあの答えを導き出せたんだろう。

それに、苅部さんにはなぜか自然と、自分の迷いを打ち明けていた。どういう流れでそうなったのか、よく思い出せない。

「苅部さん、ここで働く前はどんな仕事をしていたんでしょう?」

わたしがそう訊くと、上原さんははっと目を見開いた。

「そう言われてみると……。よくわからないですね。僕の母も、あるときどこかから現れて居着いてしまったらしい、としか。そのときの社長は僕の祖父で、苅部を採用したのも祖父なんです。だから祖父なら苅部の経歴を知っているのかもしれませんが……」

「お祖父さまはいまは?」

「もう亡くなりました」

「じゃあ、苅部さんの経歴がわかる人はいないってことですか」

「そう……ですね。ここで働いている期間が長くて、もうだれもその前になにをしていたのか気にする人もいないですし」

たしかにそんなものかもしれない。

人の気配がして、ふりむくとほかの客の姿があった。フロントに用事があるのだろう。

「長々と話してしまってすみません。ともかく、ワークショップを紹介してくれてありがとうございました」

お辞儀をして、フロントの前を去った。

いったん部屋に戻り、今日はこれからどうしようか、と思った。本を読むのもいいが、せっかく来たのだから出かけてみよう。旧軽井沢でもいいし、古くからある別荘地をめぐるのもいい。

どこに行っても人がそこで過ごした跡は残っているだろうし、その跡を見ることで気づくこともあるだろうから。

今年度の目標　サイトを作る

1　これまでＳＮＳに投稿した写真をジャンルごとに整理する。
2　ジャンルごとにその歴史を調べ、説明の文章を作成する。
3　ウェブサイトの作り方を学び、サイトを構築する。
4　サイトのタイトルを考え、事前に宣伝告知をおこなう。
5　サイトを完成させ、来春までに公開する。

さっき手紙室で書いた内容を頭のなかで復唱する。

これが正解なのかわからない。やっても意味なんてないのかもしれない。でも、もうこの海図で出航すると決めたんだ。

アトランティス・グリーンのきらきら光る文字とともに。

このホテルの手紙室に、あの手紙が保管されている。それを思い出しながら、一年間がんばってみよう。答えを出すのはそれからだ。

上着を羽織り、スマホをポケットに入れて、部屋を出た。

第3話　軽井沢黄金伝説　GOLD

1

「そういえば三枝さん、三枝さんは苅部さんがむかしなにをしていたか、知ってますか?」

ゴールデンウィークにはいる前日のお昼過ぎ。いっしょにフロントに立った旬平くんが突然そう訊いてきた。

苅部さんは銀河ホテルのアクティビティ部門の責任者である。あるとき突然銀河ホテルにやってきて、当時経営難に陥っていたホテルを復活させた功労者だ。背が高く、彫りの深い顔立ち。頭の回転が速く、人を見る目があって、めちゃ有能。最初に顔を合わせたときは、少女マンガだったらまちがいなく花を背負って出てくる人だと思った。

なぜかホテルの敷地内の小屋を改装して住み着き、ホテルの厨房《ちゅうぼう》の一角を自分の食事スペースに改装したりして、ホテルからほとんど出ないちょっと変わった人ではあるが、ホテルにとっては恩人であり、古参従業員のなかには「銀河ホテルの守り神」と呼ぶ人もいる。

　アクティビティに関しても次々にアイディアを出し、そのほとんどを成功させてきた。接客面も完璧だ。やわらかな物腰で接しつつ、対応に隙がない。従業員に対してもフランクで、新人たちも最初は身がまえるが、いつのまにか彼の親しげな態度に巻きこまれ、すっかり心を許してしまう。

「むかしって？　苅部さんの業績は旬平くんもほとんど知ってるでしょ？」

　旬平くんはこのホテルの経営者の一族で、子どものころから苅部さんのことを知っている。ここに戻ってくる前は、苅部さんに少し苦手意識を持っていたようだが、いまは信用しているみたいだ。苅部さんの方も旬平くんを信頼しているようで、これまでだれにもさせなかったのに、旬平くんには手紙室のワークショップを手伝わせている。

「銀河ホテルでの業績じゃなくて、ここに来る前のことですよ。ここで働きはじめる前。この前お客さまから訊かれて、そういえば知らないな、と思って」

　旬平くんがそう言った。

「ここに来る前……？　そういえば、それはあまり聞いたことがないかも」

　記憶をたどってみたが、苅部さんの経歴の話はまったく聞いた覚えがない。

「わたしがはいったときは苅部さんはもう入社して四年目で、森林ガイドツアーもはじまってたし。すごい人だっていう話は先輩から何度も聞かされたけど、入社前の経歴の話はなかった気がする」

わたしが銀河ホテルにはいったときは、苅部さんがホテルの経営難を救った話はすでに伝説化していた。正確な年齢はわからないが、銀河ホテルにやってきたときはまだ二十代前半だったらしい。

ホテルは経営難が続き、廃業を検討するところまで来ていた。そこに、ホテルの裏に貼られた求人広告を見たと言って、苅部さんがやってきた。

その広告自体、過去のもので、その時点ではもうあたらしく人を雇う余裕はなかったようだが、苅部さんがあまりに熱心なのと、仕事を失っていまは住む場所もない、ホテルの裏にある小屋に住まわせてくれれば給料はいらない、と言われ、当時の社長である上原耕作氏がほだされ、人助けのつもりで雇うことになった。

苅部さんはホテルの制服を着せると見ちがえるようにしゃきっとして、言葉遣いも所作も完璧。従業員も感嘆するほどだったという。そして、耕作氏と交渉して小屋を改装して住みはじめ、ベルスタッフからレストランのフロアスタッフまであらゆる仕事をこなすようになった。

客への対応も完璧、ホテル内の施設の場所も熟知している。教えられたことはすぐに覚え、機転もきく。外見と対応の良さから客の評判もよく、彼が入社したあたりから銀河ホテルに客足がもどりはじめた。

その後、苅部さんの発案で森林ガイドツアーがはじまり、アクティビティ部門がスタートする。屋外、屋内でさまざまな体験ができる宿としてメディアにも紹介され、銀河ホテルはにぎわいを取り戻す。耕作氏も苅部さんの能力を高く評価し、もちろん給料も大幅アップした。しかし、彼は変わらず裏の小屋に住み続けている……。

というのが、銀河ホテルに伝わる苅部伝説のあらましである。しかし、そういえば、苅部さんがこのホテルに来る前にどこでなにをしていたのか、という話は聞いたことがない。

「最初にここに来たときは二十代前半って話だったけど、二十代前半って言ったら、大学出てそんなに経ってないでしょう？　無一文状態だったみたいだけど、どうしてそこまでいっちゃったのかな」

「自分も会社が潰れてこっちに戻ってきましたが、頼れる親がいたのは幸運だったというか。親に頼れない人や、そもそも親がいないという人もいると思いますから」

「でも、二十年以上前の話でしょう？　リーマンショック以前だし、まだそこまで景気が悪かったわけじゃないと思うんだけど。たとえ職を失っても、アルバイトで生活できてた気がする。苅部さんは銀河ホテルに来て自分を売りこむだけの積極性もあったし、実際働いてみたらすごく優秀だったわけで」

「たしかに、あれだけ容姿が整ってるんだから、仕事だってなんとでもなりそうな気もします」

旬平くんが首をひねった。あれだけの美形なのだ。都会なら実入りの良い仕事がいくらでもあったはずだ。

「由香《ゆか》さんは？　なにか知らないの？」

由香さんとは、銀河ホテルの現社長で、旬平くんのお母さんだ。前社長の息子・裕作さんと結婚後、宿泊部門の責任者だった裕作さんを補佐。出産のため一時現場を離れるが、裕作さんが病弱だったこともあり、ほどなく復帰した。

その後、旬平くんを育てながら、宿泊部門を切り盛りする。裕作さんが若くして他界したあと、当時の社長・耕作氏の命で支配人となり、耕作氏の引退後に社長となった。

「母もみんなが知っている以上のことは知らないみたいです。苅部さんがやってきたのは僕が生まれたばかりのころで……」

「そうか、産休中だったんだね」

「噂を聞いて、すごい人が来たな、と思っていたみたいですが、伝説以上のことは知らないみたいです」

旬平くんが思い出すように言った。

「けど、考えたら不思議だよね。伝説では、最初に銀河ホテルにやってきたときから言葉遣いと所作はホテルマンとして完璧だった、っていう話じゃない？　もしかしてここに来る前にもホテルで働いていた経験があるってことなのかな。ホテルの接客態度って、ふつうの仕事で身につくものじゃないでしょう？」

「そうですね。伝説がほんとだとしたら、ある程度のランクのホテルかレストランの接客の経験があったということでしょうか」

　旬平くんの研修を担当したのはわたしだ。旬平くんは自分は接客が苦手と言っていたが、由香さんに育てられただけあって、基本的なことはなんとなく知っていたし、呑みこみも早かった。だが、ふつうの新人だとなかなかそうはいかない。

　わたしも最初はフロントに立つときはがちがちに緊張していたし、思いもかけない質問にあわてて固まってしまい、先輩に助けられたことが何度もあった。そのせいだろうか、いまでもときどき、制服でフロントに立っているつもりが首に巻いているのが昆布で、早くリボンに変えたいのにどんどんお客さまが来てその場を離れられない、みたいな悪夢を見る。

「苅部さんの接客が最初から完璧だったっていうのは、誇張じゃなくて、ほんとのことだと思う。なにしろあの牧田《まきた》さんがそう言っていたくらいだから」

「牧田さんって、支配人だった？」

「そうそう」

　牧田さんはわたしの最初の上司だ。長く宿泊部門の責任者をつとめた人で、裕作氏が体調不良で倒れてから数年のあいだ支配人をつとめ、定年退職した。いまは息子夫婦の住む東京で暮らしているのだが、在職時はホテリエの鑑のような人だったのだ。

「苅部さんの研修は牧田さんが担当したんだよね。なんでもできて教えることはほとんどなかった、ホテルに勤めた職歴はないのに、ちゃんとしたホテルで教育を受けたことがあるとしか思えなかった、みたいなことを言ってて」

「あの牧田さんがおっしゃってたならまちがいなさそうですね。でも、職歴はなかったんですよね」

「少なくとも履歴書に書かれてなかったんじゃないかな。でも、なんの仕事をしてたんだろう？　学歴もよくわからないけど、大卒だったとしても卒業して一、二年は経ってたはずだし、なにかしら仕事はしてたと思うんだけどそのあたりのことは聞いたことないなあ」

　そういえば、苅部さんから出身校の話を聞いたこともない。出身地も家族構成もだ。両親はどんな人か、きょうだいはいるのか。一年じゅう銀河ホテルの小屋にいて、実家に帰った話も聞かない。なにもかも謎に包まれている。

「あ、でも、子ども時代に銀河ホテルに泊まったことがあるみたいだよ。牧田さんが言ってた」

「え、そうなんですか？　それは知りませんでした」

「ホテルの内部の設備に最初からくわしくて、なんで知ってるのか訊いたら、むかし何度か銀河ホテルに泊まったことがある、って言ってたみたいで」

記憶をたどりながらそう答える。

「そうだったんですか。銀河ホテルもけっこう広いですし、一度や二度泊まったくらいじゃ把握できないですよね。夏休みに毎年家族で来ていた、とかでしょうか。だとすると、それなりに余裕のある家ってことですよね」

「当時の日本は裕福だったから、そんなにめずらしいことじゃない気がするけど」

しかし、当時の標準的な収入の家の出だと考えると、ますます二十代前半で無一文になってしまった事情がわからない。助けてくれる人はいなかったのだろうか？

親が多額の借金を背負って一家離散とか……？

「言いたくない事情があったのかもしれないし、あんまり詮索するのも良くないいか」

「そうですね」

旬平くんもなにか思うところがあったのか、話はそこで終わった。

2

連休は明日からだが、今日からやってくる人も多く、午後はチェックイン業務であわただしかった。苅部さんの経歴の話はすっかり忘れてしまっていたが、帰宅するため車に乗ると、入社当時のことが頭に浮かんできた。

わたしの実家は軽井沢にある。と言っても、先祖代々このあたりに住んでいるというわけではない。父方は、祖父母の代に企業の保養所の管理人として雇われて東京から移ってきた。母方は祖父母が長野県の別の土地からやってきて、中軽井沢にペンションを建てた。

父と母は小学校のときの同級生だ。軽井沢で育ち、父は大学だけ東京に出たが、軽井沢の別荘の管理会社に就職。母は高校を出たあとは実家のペンションを手伝い、軽井沢に戻ってきた父と結婚。子育て中に祖父母がペンションをたたんでしまったので、いまは観光案内所で働いている。

わたしも軽井沢で育ったせいか、観光関係の仕事につきたいと思っていた。成績は良かったから東京の大学に進学し、外国語の習得に力を入れた。だが、就職氷河期だったこともあり、就職は思うようにならなかった。

大手のホテルはすべて落ちてしまい、途方に暮れていたとき、観光案内所に勤めている母から銀河ホテルの話を聞いた。母の友人が銀河ホテルに勤めていて、紹介してくれると言う。

銀河ホテルは実家からも近く、子どものころは何度かお祝いごとでホテルのレストランを利用したことがあった。一時は低迷気味と聞いていたのだが、わたしが東京に出たあたりから盛り返し、雑誌などに取りあげられているのを何度も見ていた。

就職試験のために訪れると、従業員の雰囲気もすごく良かった。面接には苅部さんもいて、あきらかにまわりとはちがうオーラを放っていた。あとで母に話すと、銀河ホテルはその人のおかげで盛り返したみたいだよ、と言われ、そんなすごい人だったのか、と興味が湧いた。

入社後、何度か苅部さんの研修を受けた。苅部さんはアクティビティ部門の責任者になっていて、すでに伝説の英雄だったし、派手な外見もあって、最初は気後れした。研修の際に「かなりの負けず嫌いだね」と言われたことをよく覚えている。

大学に入学したころ、ひとつ上の先輩から「君は気が強くて理屈っぽいね、女子なんだし、それだと損するよ」と嫌みっぽく言われた。東京生まれの東京育ち、メンズ雑誌で読者モデルをしているかっこいい男の先輩だったから、その言葉はかなり応えた。

それ以来、気の強さが表に出ないよう気をつけていた。大学にいるあいだは見破られたことがなかったのに、そう言われてぎくっとした。派手な外見が大学時代の先輩と重なって、嫌な思い出がよみがえってきた。

だが苅部さんはそのあとすぐににこっと微笑み、「負けず嫌いなのは長所ですよ」と笑った。

――長所と短所は紙一重ですからね。受け取る相手によっても捉え方がちがう。弱点を隠そうとすると、長所を隠すことにもなりかねませんから。

苅部さんはさらっとそう言った。

――まわりと同じようにふるまっていた方が安心という考え方もありますけどね。そうすればだれにも叩かれませんし。でも、叩かれないというのは、相手にされないということでもあるんです。人より秀でようと思ったら、自分の強みを磨いた方がいいですよ。自分にしかできないことを磨けば、それが宝になります。

苅部さんのその言葉に衝撃を受けた。雇う側は学生個人の能力などはなから期待していない。人の和を乱さない人材を求めているのだと思いこんでいた。だが、働くというのはそんなに甘いものではないのかもしれない。

そして、自分が就職活動であまりうまくいかなかったのはそのせいだったのかもしれない、とも思った。自分が人からどう思われるかばかり気にして、自分の長所をアピールすることから逃げていた。

社会で求められているのは、その場所で役に立つ人材。その場で役に立てるように、自分を磨いていく人材だ。そう思い直して、自分にできることはなにか、真剣に考えた。

むかしから語学が得意だった。それは、暗記が得意だったからだ。それで、記憶力を武器にしようと考え、とりあえず、宿泊客の名前と顔をすべて覚えることを目標にした。

銀河ホテルは三十室。毎日満室になるわけではないし、連泊の人もいる。チェックインのときに顔と名前を覚え、滞在中は絶対に忘れないようにすることを目指した。最初のうちはたいへんだった。人の顔を覚えるのは、単語を覚えるのとはまたちがう力が必要だった。ただ覚えることは無理だったから、特徴を言葉にしてメモした。時間があればそのメモを見返し、覚えるようにした。

その甲斐《かい》があって、二年ほど経つと、常連客についてはチェックインの際に顔を見ただけで名前が出てくるようになり、お客さまからも褒めてもらえることが増えた。優秀社員として表彰もされ、フロントのチームリーダーにも抜擢《ばってき》された。

そのころ、観光関係の会合で軽井沢・プリンスショッピングプラザに勤める明大《あきひろ》と出会った。東京の出身で、大学も東京。軽井沢・プリンスショッピングプラザに配属になって、軽井沢に住むようになった人だった。

名所を案内したり、おいしいお店を紹介したりしているうちに付き合うことになり、結婚。二年後、出産で産休を取ることになった。産後一年も経たずに復帰したが、育児に追われて仕事はままならず、さらに第二子を妊娠して、一時は本気で退職を考えた。

だが、そのとき、当時支配人だった由香さんから慰留された。由香さんは自分も育児経験があるからわかる、無理をしてもうまくいかない、今回は長めに産休を取って、万全な状態で復帰してほしい、と言われた。

それで退職を思いとどまった。由香さんの勧めにしたがってじゅうぶんな産休を取り、その後も数年の時短勤務を経て完全復帰した。いまはフルタイムに戻り、宿泊部門の責任者になっている。

牧田さんにも由香さんにもたくさんのことを教わった。だが、ここで働く上での指針を見出せたのは、研修のときの苅部さんのアドバイスのおかげだと思っている。だから宿泊部門の責任者になる話が来たときも、引き受けるべきか迷って、手紙室のワークショップを受けた。

苅部さんはただ黙ってわたしが手紙を書くのを見守ってくれた。手紙はその前の年に亡くなった祖母に宛てて書いた。ずっとペンションを切り盛りし、お客さまのことを第一に考えていた母方の祖母に。

仕事で迷っていることについて苅部さんに相談したわけではない。苅部さんも仕事のことはなにも口にしなかった。だが、手紙を預けて手紙室を出るとき、ひとこと、「あなたならできますよ」と言ってくれた。その言葉が支えになって、責任者の役職を引き受けることにした。

牧田さん、由香さん、そして苅部さん。その三人がいなければ、いまのわたしはない。なのに、よく考えてみると、苅部さん自身のことはさっぱりわからない。

牧田さんとも由香さんともいっしょに飲みに行ってプライベートな話をしている。ふたりの家族のことも知っているし、わたしも家庭や子どもに関する相談を何度もしている。だが、苅部さんとプライベートな話をしたことは一切ない。

苅部さんが直接の上司ではなく、わたしが勝手に苅部さんの言葉から影響を受け、それに感謝しているだけというのもあるけれど。

だが、ホテル内にほかに苅部さんと親しい人がいるわけでもない気がする。アクティビティ部門の人たちが苅部さんのプライベートについて話しているのも聞いたことがない。プライベートもなにも、そもそも苅部さんはホテルの敷地内に住んで、ホテルの外に出ることが滅多にない。

ホテル外に友だちはいるんだろうか。趣味はあるんだろうか。謎めいた人だとは思っていたが、ほんとうになにも知らない。プライベートなことを詮索するのはよくないが、二十年も同じホテルで働いているのにここまで知らないのはちょっとおかしなことにも思えた。

途中、買い物のためにツルヤ軽井沢店というスーパーに寄った。今日は夫の明大が家に帰ってくる。夜遅くなるので夕食は必要ないが、明日からしばらく家にいるので、少し買い出しをしておきたかった。

ショッピングカートを押しながら、店内をまわる。買い出しリストはすでに頭にはいっているから、効率よくまわってカートに入れていく。途中、明大がよく食べていたものを思い出し、リスト以外のものもいくつか追加した。

明大は株式会社西武リアルティソリューションズの社員で、二年前から東京の本社勤務になった。平日は単身東京で過ごし、週末だけ新幹線で軽井沢に戻ってくるという生活だ。

明日からは連休のため、しばらく軽井沢にいる。今日の仕事が終わり次第、新幹線で帰ってきて、仕事が再開する日の朝に新幹線で出社する、と言っていた。四月にはいって仕事が忙しく、こちらに戻ってくるのはほぼ一ヶ月ぶりだ。

明大は有能で、いつも落ち着いている。会社ではそのせいで穏健な性格と思われ、上からは便利に使われ、部下には頼られている。とはいえ、ストレスがないわけではない。怒りはしないが困ってはいるし、帰ってくるたびに疲れ切ってぐったりしている。とくに本社勤務になってからは。

でも、この連休のあいだに颯太《そうた》の進路についてだけは相談しなくちゃ。

うちには子どもがふたりいる。第一子は結菜《ゆいな》。女子で高校二年生。電車で一時間半かけて、隣町にある進学に強い私立に通っている。東京の大学に行くために毎日熱心に勉強している。

第二子の颯太は中学三年生の男子で、学校ではアイスホッケー部に所属している。結菜と同じ高校に行くつもりなら塾に行くことを考えた方がいいのだろうが、まだまだ部活の方が楽しいみたいだ。

　買い物を終えると、ふたつ持ってきていた大きめのエコバッグがぱんぱんになった。重い。見た目にかまっている余裕はなく、両方の肩にひとつずつかけ、よろよろと車まで運んだ。


　家に着くと、結菜が玄関まで出てきた。

「よかったぁ。荷物すごく重くて……」

「はあ、これはたいへんだったね」

　結菜は玄関に置いたエコバッグを両手に持って、キッチンに向かった。洗面所で手洗い、うがいをしてからキッチンに行くと、結菜がテーブルの上にエコバッグの中身を出し、冷蔵品、冷凍品に分けて冷蔵庫に入れていっていた。

「ありがとう。助かる」

　冷蔵庫に入れるもの以外は玄関近くにある収納室に運び、結菜の学校でのあれこれを聞きながら、ふたりで夕食の準備をする。ごはんは予約で炊けていたし、下ごしらえしていた豚肉を焼き、わかめと豆腐の味噌《みそ》汁を作った。

「颯太は？　帰ってきてるんだよね」

準備がだいたい整ったところで結菜に訊いた。

「うん。今日は部活ないから、夕方帰ってきたよ。それから部屋にはいったまんまで、全然出てこない。寝てるのかも」

結菜が首をかしげる。

「まあ、でもごはん食べないとだから。呼んできてくれる?」

「うん、わかった」

結菜が子どもたちの部屋のある二階にあがっていく。そのあいだにおかずとごはんと味噌汁をならべていった。

二階からふたりがおりてくる。颯太は寝ていたのだろうか、はっきりしない表情のまま、無言で席につく。ごはん中に話しかけても、ぼんやりうなずくだけで、ほとんど話さない。

「颯太、どうしたの? なんかあった?」

結菜が訊く。颯太はいつもは元気すぎるほど元気がいい。部活の話になると夢中でしゃべるし、結菜の話にも突っこんだり大笑いしたりして、うるさいくらいだ。それが今日は黙ったきり。結菜も気になったのだろう。

「いや、別に、なんでも……」

そう答えたきり、また黙ってしまった。結局、おかわりもせずにさっさと食べ終え、自分の分の食器を洗うとすぐに部屋に戻ってしまった。

「どうしたんだろ？　具合でも悪いのかな」

「でも、具合悪かったら言うんじゃない？　ごはんも食べてはいたし」

「そうだね」

ふだんは騒がしい颯太がしずかだったせいで、結菜も調子が乱されたらしい。ふたりともあまりしゃべらず、黙々とごはんを口に運ぶ。

「帰ってきたときからああだったの？」

食事を終え、お茶を淹れながら結菜に訊いた。

「帰ってきてすぐに部屋にはいっちゃったからよくわからない。でも、あのときも元気なかった気がする。どうしたんだろうね。この前の模試の結果が悪かったからかな」

「ああ、模試の結果……」

四月のはじめに高校受験のための模擬試験を受けた。その結果が最近戻ってきて、自分で思ったよりも悪かったようで、ちょっとショックを受けていたのは事実だった。

「でも仕方ないよね。部活ばっかりやってたんだし。中三になったらみんな本気になるからね。模試もそんな甘くないよって、何度も言ったのに」

結菜がぶつぶつ文句を言う。

たしかに中二のときに試しに受けた模試では結果はそんなに悪くなかった。颯太はこれならそんなにがんばらなくてもいける、とたかをくくっていたのかもしれない。だが、中三になればほとんどの人が模試を受けるので、そこでがくっと偏差値が下がることがある。結菜が何度もそんなことを言っていたのを思い出した。

「でも、どうかな。ショックは受けてたみたいだけど、そこまで落ちこんでるって感じじゃなかったような……」

結菜は中二のときから受験勉強に熱心で、模試の結果にも一喜一憂していた。いまも大学受験に向けて、日々ノルマを決めて勉強をしている。だが、颯太はそういうタイプじゃない。

「たしかにねえ。まあ、そこが心配なんだけどね。じゃあ、なんだろ？　部活か学校でなんかあったのかな？」

「うーん、颯太の場合はそっちの方がありそうだけど……」

ふたりで黙々と食器を片づけ、テレビを観たあと、結菜と順番にお風呂にはいった。だが、颯太がおりてくる気配はない。

「お風呂、どうするんだろ。はいらないのかな」

「ちょっと見てくるね」

バスタオルで髪を拭きながら、結菜が二階にあがっていく。颯太を呼ぶ声が聞こえたが、やがて結菜がひとりで階段をおりてきた。

「なんか、呼んでも返事がない。もう寝ちゃったのかも」

「じゃあ、お風呂はいいのかな」

そう言ったとき、スマホに通知がきた。明大からだった。軽井沢駅に着いたらしい。

「お父さん、もうすぐ帰ってくるって」

「ちょうどよかったね。ちょっと髪乾かしてくる」

結菜が洗面所に行き、ドライヤーの音が聞こえてきた。

しばらくして、明大が帰ってきた。最終の新幹線だったようで、疲れ切っている。お風呂を出ると倒れるように寝てしまった。

3

翌朝はいつもより早く目が覚めた。眠っている明大を起こさないよう、そっと寝室を出る。わたしは仕事だが、休日なのでだれも起きてこない。しずかなリビングで簡単に食事を済ませ、車で銀河ホテルに向かった。

今日はゴールデンウィーク初日。わたしも本来ならホテルのアクティビティのひとつ、子どもデイキャンプを手伝うことになっていた。

銀河ホテルでは、ゴールデンウィークに子どもデイキャンプというプログラムをおこなっている。小学生限定で、親は同行しない。ホテルを朝出発し、森を観察しながら休憩所まで歩き、みんなでごはんを作って食べるという人気のプログラムだ。

子どもだけを率いるイベントなので、必ず専門のスタッフが同行する。そしてもうひとり、アクティビティ部門の社員の補佐がつく。ゴールデンウィークや夏休みはアクティビティの数が増えるため、アクティビティ部門だけでは人手が足りず、ほかの部門から人が駆り出されることがある。

わたしは子ども向けイベントができた当時によく手伝っていたということもあり、いまでも夏休みや連休になるとときどきお呼びがかかる。外を歩くのも子どもの相手も好きなので、ちょっと楽しみにしていた。

ところが昨日、ハイキングコースの整備中に、今日のデイキャンプを担当するはずだった専門スタッフが怪我《けが》をしてしまった。足首を捻挫し、引率はできない。専門スタッフはもうひとりいるので、明日からの子どもデイキャンプはすべてそのもうひとりにまかせることになったが、今日はもう間に合わない。それで中止が決まり、今日の参加者は可能なかぎり明日以降にふりかえることになった。

イベント自体が中止になったため、わたしはいつも通り朝からフロント業務である。といっても、連休中はあちらこちらでイベントもあるし、なにかあったときはフォローしなければならない。それで、いつもより早く出社することにしたのだ。

結局颯太と話さないまま出てきちゃったけど、大丈夫かな。

昨日の颯太の様子を思い出し、少し心配になった。結菜は模試の結果のせいじゃないかと言っていたけれど、颯太の性格を考えると、そういうことじゃない気がする。でも、ほかになにか特別なことがあったかというと、思い当たることはとくにない。

そもそも、颯太は結菜にくらべるとのんびりした性格だ。結菜は小さいころから前のめりな性格で、きょうだい喧嘩《げんか》でも、たいてい先に怒り出すのは結菜。颯太の方はそもそも諍《いさか》いが好きじゃないのだろう。言い返すことはなく、たいてい黙って部屋にこもってしまう。

結菜はますます腹を立てて颯太の部屋の前で怒鳴り散らすが、颯太は決して出てこない。リビングで泣きじゃくる結菜をわたしがなだめ、結菜が落ち着いたところで颯太にあやまりに行く。颯太の方はとくに怒った様子もなく、別にいいよ、と答えるのがいつものパターンだった。

親に叱られるのも結菜の方が圧倒的に多かった。結菜はなにか言えば必ず言い返してくる。それでこちらもむきになって言い返す。それで口論が長引く。学校でも何度も友だちと激しく言い争って、担任の先生から呼び出されたこともあった。

だが、自己主張が強い分、わかりやすくもあった。中学二年になるとだれそれが行っているから自分も塾に行きたいと言い出し、志望校も勝手に決めてきた。模試があれば結果に一喜一憂し、うまくいかないときは落ちこみもしたが、立ち直りも早かった。

感情の起伏は激しいが、なにに悩んでいるのかはわかる。相談もしてくる。といっても、負けず嫌いで人の言うことは聞かず、結局自分で答えを出す。わかりやすいと感じるのは、自分と似たタイプだからかもしれないが。

それにくらべると、颯太はおっとりしている。小学生のときからスケートをはじめ、とくにうまいというわけでもないが、楽しそうに練習していた。颯太の中学にはめずらしくアイスホッケー部があり、友だちに誘われて入部した。

闘争心が強い方ではないので競技に向いているのか心配だったが、チームワークを重んじるタイプだったのがよかったのかもしれない。練習に休まず参加し、レギュラーに選ばれた。先生から、颯太くんはムードメーカーで、チームになくてはならない存在です、と言われた。

二年生のときには大会に出た。結局、途中で負けて、見ていたわたしたちも号泣した。あのときだって負けたことを悔しがってはいたが、颯太は元気だった。明大に「精一杯やったんだ、かっこよかったぞ」と褒められて、泣きながらうなずいていた。

ただ、結菜にくらべると気持ちがわかりにくい。悩んでいるときも、結菜なら自分の考えていることをあれこれ言葉を尽くして説明しようとするけど、颯太はそうじゃない。ひとりで抱えこんで、だんまりになってしまう。

受験のこともどう考えているのか……。

三月の終わりに明大が帰ってきたときのことを思い出す。

――高校さ、颯太の希望にもよるけど、東京に出てくるっていう手もあるよね。

あの日、明大が夕食の席で突然そう言った。

――東京に？

颯太が不思議そうに明大を見る。

――いや、そうしろってことじゃなくて、あくまでもひとつの可能性として、そういうのもあるってこと。ここから通うとなると、選択肢がかぎられるだろ？

たしかに明大の言う通りだ。軽井沢は観光があるから町としては栄えているし、働き口もある。でも、大学進学を考えるなら、結菜が通っている高校か、もっと遠くの学校に通う人がほとんどだ。

どうせ大学は東京か大きな都市に出ることになる。親が東京に住んでいるなら、高校から東京に出てしまった方がいいという考え方もある。

――俺もいまは単身者用の部屋に住んでるけど、颯太が来るならもう少し広い部屋を借りればいい。結菜も再来年は大学で東京に出てくるわけだから、三人住める部屋にしといた方がいいかもしれないし。

――え、わたしもそこに住むの？

結菜が驚いたように言う。

――わたしはてっきり東京で夢のひとり暮らしかと……。

――なに言ってんだ。それは就職して自分で稼げるようになってから。

明大は、あたりまえだろ、という表情になった。

――やっぱ？ 颯太の高校の話とは関係なく、わたしはそもそもお父さんのとこに同居ですか。そうか、そうだよね、東京は家賃高いしね。

結菜がため息をつく。

――そういうこと。三人ばらばらに住もうとしたら、ひとりずつ狭いところに住むしかない。だったら三人住める広い部屋にした方がなにかと快適だと思うんだ。キッチンだってお風呂だって広いし。

――まあ、そうですよね。物理的には。ああ、夢のひとり暮らし……は、夢に消えた。

結菜ががっくりとうなだれる。

――いや、夢と消えたわけじゃなくて……。結菜が就職してがっつり稼げるようになった暁には、もちろん優雅にひとり暮らししてください。

明大がにっこり笑った。

その話をぼんやり聞きながら、少しさびしさも感じていた。颯太が高校で東京に行くかは別として、結菜は二年後には東京の大学に行く。颯太だって、高校はともかく、大学はどこかに出るだろう。明大も本社勤務はまだまだ続きそうで、軽井沢に帰ってくるとは思えない。

となると、この家に残るのはわたしひとりってこと……？

わたしはずっと銀河ホテルで働いてきた。定年までずっと銀河ホテルで働くつもりでいた。東京でほかのホテルに転職するなんて考えられない。

つまり、わたしだけは軽井沢を離れられない。ここでひとり暮らしということだ。まあ、週末にはだれかが帰ってきてくれるかもしれないけど。それに、どこに住んでいたって、子どもたちはいずれひとりだちしていく。それが自然だ。

子どもたちが幼かったころは日々たいへんだった。なにひとつ自分の思い通りにならなかった。そんな日々が果てしなく続くように思えていたが、気づけば少しずつ手が離れていっている。子どもたちは学校や塾で、わたしはホテルで過ごす時間が増え、いっしょに過ごすのは朝と夜の数時間だけ。

子ども時代には終わりがあり、子どもが巣立てば親にとっての育児時代も終わる。まだまだ先だと思っていたのに、案外その日が近づいていることに気づいて、胸のなかがざわざわした。

そういえば、あのとき颯太はなんて答えたんだっけ。記憶をたどろうとしたが思い出せない。明大の「今度帰ってきたときに考えよう」という言葉で話が終わったが、話していたのは明大と結菜だけで、颯太はなにも言っていなかった気がする。

今度。それがつまり、この連休ということだ。すぐに答えを出さなくてもいいかもしれないが、東京に出るとなれば生活はがらりと変わる。

友だちも……。うちからいちばん近い軽井沢高校は進学校ではないけれど、アイスホッケー部がある。いまのアイスホッケー部のなかからそこに進学する生徒もいるんだろう。まずは颯太がなにをしたいかだ。それをちゃんと訊かないと。

銀河ホテルに着く。従業員駐車場に車をとめ、明大宛にメッセージを書いた。昨日の夜、颯太の様子がおかしかったこと。もしかしたら進路のことで悩んでいるのかもしれないということ。それだけ書いて送信し、社員通用口からホテルにはいった。

「すみません、三枝さん。ちょっと相談があるんですが」

午前中のチェックアウトの波が一段落したとき、宴会部門の高林《たかばやし》さんがやってきた。

「どうしました?」

「今日の午後、宴会場で『ワイン愛好家の集い』が開かれるんですが」

高林さんが言った。銀河ホテルには唐松の間と白樺《しらかば》の間というふたつの宴会場がある。どちらもそれほど大きな宴会場ではないが、ふたつつなげると百名程度収容することができ、結婚式などに使われることもある。

今日は毎年ゴールデンウィークに開催している「ワイン愛好家の集い」がおこなわれる。地場野菜を使ったオードブルも提供される大きなイベントで、ふたつの宴会場をつなげて使うことになっている。昨日から関係者の宿泊も多くなっていた。

「そこで講師をお願いしているソムリエの大原《おおはら》さんなんですが」

例年「ワイン愛好家の集い」には特別講師としてソムリエがやってくる。講師はここ数年いつもお願いしている大原志穂《しほ》さんという女性のソムリエだ。

銀河ホテルが取引している洋酒輸入会社に勤めているが、ソムリエの資格を持ち、講師としてイベントに出張することも多いらしく、とても優秀な人だ。

イベント会場に行ったことはないのだが、高林さんは、大原さんはこちらが無理な要望を出してもいつもなんとか対応してくれる、お客さまにも好評で、イベントが成功しているのは大原さんのおかげ、と言っていた。

「実は大原さん、今回はたまたま日程が遠方でおこなわれる親戚の結婚式と重なってしまったらしくて」

「結婚式と？」

「そうなんです。それで、今回は別の方を、と思ったんですが、『ワイン愛好家の集い』の主催者がどうしても大原さんでないと、とおっしゃって。それで無理を承知でお願いしたところ、大原さんがお母さんと相談して、大原さんご自身は結婚式を挙げる方とそこまで親しくないので、仕事なら欠席でも仕方がない、ということになったそうなんです。ただ……」

高林さんはそこで一息おいた。

「大原さんには洸《こう》くんという小学生のお子さんがいらっしゃるんです。くわしいことはわからないんですが、大原さんはシングルマザーで、お母さんと大原さんと息子さんの三人暮らしらしいんです。それで、泊まりがけの出張のときはお母さんにお子さんを預けていた。ところが、今回はお母さんも遠出するので、まかせるわけにもいかない。それで大原さんが軽井沢にいっしょに連れてくることにしたそうなんです」

そういえば、昨日から大原さんといっしょに息子さんが泊まっていたな、と思い出した。仕事が終わってからいらしたようで、夜のチェックインだったため、わたしは顔を合わせていない。十歳という話だから小学校四年生か五年生のはず。

ああ、そうか。洸くんは今日のデイキャンプに参加するはずだったんだっけ。

キャンプは朝九時出発で、ホテルに戻ってくるのは午後四時半。「ワイン愛好家の集い」は午後二時から四時半なので、子どもたちが帰ってくるころに終わる。それで、大原さんが仕事のあいだ、洸くんはデイキャンプに参加する予定だったのだ。そのキャンプが中止になってしまった。

やってきた大原さんにそのことを伝え、なにか別のイベントとふりかえるということになっていたらしい。だが、高林さんによると、大原さんもその場では判断できず、息子と相談して明朝どうするか返事をする、ということになった。

「息子さんはほかの子ども向けイベントは気が進まないみたいで」

今日の午後開催されている子ども向けワークショップで参加が可能なのは、蠟燭《ろうそく》作りと動物ワッペン作り。どちらもほかの参加者は女子ばかりのようだ。

「大原さんは、一般向けのガイドツアーに参加させてもらえないか、とおっしゃってたんですが、担当者に訊いてみたところ、小学生の単独参加は認められないと言われてしまって……」

「それは規則なので仕方ないですね」

銀河ホテルでは子ども向けツアーの専門スタッフは教員免許を取得していることを条件にしている。さらにそのために特別な研修を受けている。わたしのように免許のない人も補佐にはいるが、メインは免許のあるスタッフだ。そのスタッフがいない一般向けのツアーの場合、小学生は保護者同伴でないと参加できない。

「洸くん自身は部屋でひとりで待っていられるから大丈夫、って言ってるみたいなんですが、大原さんの方が心配されてるみたいで、なにか参加できるものはないか、と」

「十歳ですよね。屋内のアクティビティなら大人向けでも受けられるかもしれない。でも、なにか空いてるものはあったかな」

　タブレットでアクティビティのプログラムを確認する。ゴールデンウィークということもあってアクティビティはたくさん準備しているが、ほかはみな満席である。

　でもそういえば、今朝旬平くんが、手紙室のワークショップに急遽キャンセルが出て、一枠空きが出たって言ってたっけ。タブレットを確認すると、午後二時から三時半までの枠が空いたままになっていた。

「手紙室のワークショップなら、その時間空きがありますよ」

「手紙室ですか……」

　高林さんが戸惑った顔になる。

「それはちょっと大人向けすぎませんか。そもそも子どもでも参加できるんでしたっけ？」

　高林さんが訊いてくる。

「保護者がいっしょなら、年齢制限はないです。ご家族で参加される方も多いですよ。この前も、小学三年生と五年生のお子さんがいっしょに受けていたと思います。まあ、おふたりとも女の子でしたが」

「なるほど、女の子ならお手紙を書くのは好きかもしれないですね。でも洸くんは男の子ですし……」

高林さんがうーんと考えこむ。

「でも、一応大原さんに訊いてみるのはどうですか？　手紙室のワークショップでは、手紙以外のものを書く人もけっこういるみたいですし、なにかできることがあるかも」

「そうですね、訊いてみるだけ訊いてみます」

「あと、空いているのは午後二時から三時半の枠なので、『ワイン愛好家の集い』が終わる時間まではカバーできないんですが」

「わかりました。それも併せて訊いてみます」

「じゃあ、わたしも手紙室に連絡して、苅部さんに訊いてみます」

高林さんは手紙室のリーフレットを持ち、大原さんの部屋に向かった。

手紙室に連絡し、十歳でもひとりでワークショップを受けられるか、と訊《たず》ねると、苅部さんは、本人が望んでいるなら別にかまいませんけど、とさらっと答えた。

数分後、高林さんが戻ってきた。リーフレットを見せたところ、大原さんが乗り気になって、洸くんに手紙室のワークショップを勧め、洸くんも渋々納得した。時間についても、三時半からの一時間くらいならひとりで過ごすのでも問題ないらしい。

「でも、ほんとに大丈夫なのか、ちょっと心配です。洸くんはしっかりしたお子さんなんですが、少しクセがあるようにも感じられて……」

高林さんが不安そうな顔になる。

「クセがある？」

「そうなんです。発言がその、なんていうんでしょう、こまっしゃくれている、と言いますか……」

高林さんは言いにくそうに口ごもった。

「でも、相手は苅部さんでしょう？　そういうタイプなら大丈夫な気もしますけど」

わたしがそう言うと、高林さんも少し安心したような顔になった。

「ああ、そうですね、苅部さんなら……」

苅部さんが手を焼くタイプの子どももいるだろうが、大人びた物言いをするタイプなら、なんとなく大丈夫な気がする。少なくとも苅部さんは、子どもが生意気なことを言ったときに叱ったりすることはなさそうだ。

とはいえ、小学生の子どもひとりというのは異例なことではある。

「高林さんはワインの会の準備でお忙しいですよね。そしたら、会がはじまる前に大原さんに洸くんをフロントまで連れてきてもらうようお願いしてもらえますか。ワークショップがはじまる時間までわたしが相手をして、時間になったらわたしが連れていきますから」

「え、いいんですか？」

「大丈夫です。わたしは本来デイキャンプに行ってたはずで、フロントの人員は足りてるんです。こういうイレギュラーに対応するための待機要員として出てますから」

「助かります。じゃあ、大原さんにもそう伝えますね」

高林さんはほっとしたようにそう言った。

4

午後一時半ごろ、ソムリエの大原さんがお子さんを連れてフロントにやってきた。大原さんは背が高くしっかりした体形で、きめ細かく色白な肌に艶のある髪。生命力みなぎる魅力的な人で、人気講師というのもうなずけた。

「わがままを言って申し訳ありません」

張りのある声でそう言って頭をさげ、となりにいる洸くんにもあいさつするようにうながす。洸くんは面倒臭そうに、こんにちは、とだけ言って目を合わせずに頭をさげた。

「いえ、こちらの事情でデイキャンプが中止になってしまったせいなので。ご迷惑をおかけして、こちらこそ申し訳ありません」

「そんなそんな。お怪我なら仕方がありませんし、そもそもそういうことも予測して、もっと確実なプランを組むべきだったんです。いろいろ取り計らっていただいて、ありがとうございます」

よく通る声だった。小さめだが目にも力があり、押しの強さが伝わってくる。よく講師の仕事をしているという話だったが、これくらい強くなければ成功できないだろう。

「手紙室のワークショップ、リーフレットを拝読しましたが、ほんとに素敵ですよね。わたしが受けたいくらいです。人気があるとうかがって、なるほどと思いました。高林さんからも、いつもは満席だとお聞きしました」

「はい、今日もすべて埋まってたんですが、たまたま今朝キャンセルが出て……」

「そうなんですね。予約が取れたなんてすごくラッキーだったね、洸」

大原さんがそう言って、洸くんの顔をのぞきこむ。

「まあ、そうだね」

洸くんは実感のこもらない声でそう答えた。その表情を見て、高林さんの「こまっしゃくれた」という言葉の意味が少しわかった気がした。

「とにかく、僕はひとりでも大丈夫だから。母さん、仕事あるんでしょ？　早く行った方がいいんじゃないの」

洸くんに言われ、大原さんがはいはい、と笑いながら答える。

「そうしたら、お手数をおかけしますが、よろしくお願いします」

大原さんはにっこり微笑んで、宴会場の方に進んでいった。

「洸くん、こんにちは。わたしはこのホテルの宿泊部門の三枝茜《あかね》って言います」

フロントを出て洸くんの前に立ち、そう言ってお辞儀した。

「どうも」

洸くんが答える。

「今日はデイキャンプに行けなくて残念だったね」

「別に……。もともとそんなに行きたくなかったし。ひとりで部屋にいるのでもよかったんです。母さんに言われたから仕方なく行くことにしただけで」

洸くんは目を合わせずにぼそぼそとそう言った。

「そうなの？　洸くん、クールだね」

「は？」

洸くんが驚いたようにわたしを見た。

「僕、インドア派なんですよ。だいたい、外を歩きまわるより、部屋でゲームしてた方が楽しいに決まってるでしょ」

「そうか」

洸くんの答えにこっちもちょっと驚いた。うちの結菜とも颯太ともちがうタイプだ。

たしかにこまっしゃくれているが、頭はいいんだろうな、と思った。

「インドア派なら、手紙室のワークショップはぴったりだね。まさに室内のイベントだし。今日はわたしが手紙室までいっしょに行くね。ワークショップがはじまるまでまだ少し時間があるんだけど、どうしよう？　どっか見たいところある？」

「とくに……ないです」

洸くんが目をそらす。

「そしたら、わたしが決めるね。手紙室のとなりに蔵書室っていう部屋があるから、そこに行ってみようか」

「蔵書室……？」

「本がたくさんある部屋。洸くんは、本、読む？」

「本ですか？　あまり読まないですね」

「じゃあ、マンガは？」

「マンガはまあ、そこそこに……」

洸くんが答える。

「児童館にあったやつはほとんど読みました。おもしろいのはあまりなかったけど。その蔵書室って、マンガもあるんですか」

「マンガはないかな。文字の本だけ。まあ、とにかく行ってみようか」

「はい」

洸くんは不満げだ。それでも、わたしが歩き出せばついてくる。反抗的というわけではないみたいだ。蔵書室の入口の前で立ち止まり、洸くんになかを見せた。

「ここが蔵書室だよ」

「へえ。なんか、無駄にかっこいいですね」

　洸くんはそう言ってなかを見まわした。

「本もたくさんあるし、けっこう本格的なんですね。まあ、しずかすぎて、子どもにはちょっとはいりにくいですけど」

　見ると、大人が数人、ソファに座って本を読んでいる。若い女性が多いが、ちらほら高齢の男女の姿も見えた。

「ホテルに泊まってる人なら、本を借りて、部屋で読むこともできるんだよ。一回につきひとり三冊まで」

「図書室みたいな感じですね。母さんはこういうの好きかもしれない。僕に読めるようなものはなさそうだけど」

「ちょっとはいってみる？」

　そう訊くと、洸くんはぶるぶると首を横に振った。ラウンジに移動し、暖炉の近くにあるホテルの創業者上原周造の像とホテルの説明を見た。

「さて、そろそろ手紙室の準備もできたと思うし、行ってみようか」

　そう言うと、洸くんは無言でうなずいた。

手紙室の扉を開ける。白い壁にインクの棚。カウンターに苅部さんがいた。

「ああ、三枝さん、こんにちは」

苅部さんがわたしたちを見る。

「こんにちは、午後二時からワークショップを受ける大原洸くんを連れてきました」

そう言って、となりの洸くんの方を見た。洸くんはインク棚に目を奪われている。

「お待ちしてました。手紙室の苅部です。今日はよろしくお願いします」

苅部さんが洸くんの前にかがんで目の高さをそろえる。洸くんは少し驚いたように苅部さんを見てから、よろしくお願いします、と小声で言って、軽く頭をさげた。

「今日はデイキャンプが中止になっちゃって、残念だったね。ここはまあ、こういう場所で……。とくに子ども向けのプログラムっていうのはないんだけど、それでも大丈夫かな」

苅部さんがそう言うと、洸くんは無言でうなずいた。ちょっと緊張しているらしい。

「どう？　洸くん、手紙室は」

わたしが訊くと、洸くんは、どう、って……と言い淀んだ。

「なんていうか、おしゃれすぎて、子どもにはちょっと、って感じですけど。でも、ほかの子といっしょに外を歩いたりカレーを作ったりするよりはマシかな」

ややあって、洸くんがそう答えた。

「外歩くの好きじゃないの？」

茢部さんが洸くんをじっと見る。

「別に……。嫌いってわけでもないけど……」

「インドア派なんだそうです」

わたしが答えると、洸くんもうなずく。

「そうか。じゃあ、このワークショップの方が向いてるね」

茢部さんが笑うと、洸くんは困った顔になった。

それから、茢部さんは手紙室のワークショップの決まりを説明した。この部屋にあるインクは自由に使っていい。何色でも試し書きをしていいし、本番も複数の色を使っていい。手紙は自分で持ち帰ってだれかに送ってもいいが、送れない場合はここで預かる。

「送れない場合って？」

「もう連絡が取れなくなっている相手とか、いるでしょ？　むかし仲良かったけど、いまは離れてしまって住所がわからない、とかさ」

「住所なんて、最初から知らないけど……」

洸くんが首をかしげる。むかしは学校に名簿があったものだけど、最近は個人情報保護の観点からそんなものはない場合が多い。結菜が小学生のころは電話連絡網もあったけど、最近は学校からの連絡は一斉送信メールだ。

「ああ、いまはそうなのか。でも、年賀状とかは？　送らない？」

「先生は送ってくるけど、生徒同士はあんまり……。とにかく、手紙なんて書いたことないよ。書きたいこともないし」

洸くんは渋い表情になった。

「母さんがあんまり言うから受けることにしたけど、やっぱ向かないかも。手紙なんて書く気になれないし、書く相手もいないしね」

洸くんがため息をつく。

「だいたい、ここは児童館じゃないんだし、おじさんだって子どもの相手なんて迷惑ですよね」

「でも、部屋に帰ったってしょうがないだろ？　ひとりでいても退屈じゃないか」

苅部さんが訊いた。

「そんなことないよ、家にはおばあちゃんがいるけど、僕はたいてい自分の部屋でひとりだし。ひとりの方が慣れてるんだ」

「ふうん。そういうときってなにしてるんだ？」

「なにって……ふだんはたいていゲームだけど」

洸くんが視線をそらす。

「ゲーム？　テレビで？」

「自分の部屋にはテレビなんてないよ。スマホゲームに決まってるでしょ」

「なるほど。まあ、ここでスマホゲームをしててもらってもかまわないけど……」

「できないんだ。スマホは母さんに取りあげられちゃってるから」

洸くんが即座に答える。

「そうなの？」

「そう。旅行中は使用禁止だって、家を出るときに取りあげられちゃった」

「そっか。それは気の毒だな」

苅部さんが哀れみのこもった目で洸くんを見る。

「だいたい、なんで大人はスマホ禁止って言うのかな。母さんだってしょっちゅうスマホを見てるのに」

「まあ、大人っていうのはそういうもんなんだよ。ふだんはメールやメッセージばっかりなのに、ここに来ると手紙を書きたがったりする」

苅部さんが笑った。

「僕のスマホを貸すこともできるけど」

「それじゃ意味ないよ、データがないし」

「そうだよね。それに、こっちとしてもワークショップ代をもらっちゃってるからね。なにもしないというわけにもいかない。ここのワークショップ代はけっこう高いんだよ。デイキャンプと同じくらいの値段」

「え、そうなの？　一時間半しかないのに？」

洸くんが目を見開く。

「そう。デイキャンプの定員は十二人。それに対してスタッフがふたり。ここは本来定員が四人なんだ。でも、ひとりで受ける人が圧倒的に多い。つまり、スタッフとお客さまが一対一。複数で受けるときは少し安くなるけど、いまも一対一だからね」

「集団塾より個別塾の方が高いのと同じか」

「そう、そういうこと」

苅部さんが笑った。

「デイキャンプだって、よその子ども向けイベントにくらべたら考えられないほど高いんだよ。たとえばこの先、洸くんがアルバイトのできる年齢になったとして、最初のうちは一日働いてもデイキャンプやここのワークショップの参加費ほどはもらえない」

「そうなの？」

洸くんが苅部さんをじっと見た。

「そうだね。たぶん二日は働かないとね。ここの宿泊費や食費だって、お母さんの分はイベントの主催者から出てるけど、洸くんの分はお母さんが出してるんじゃないかな」

「それは、おばあちゃんが出かけちゃったからで」

「理由はともかく、なにをするにもお金は必要なんだ。洸くんのお母さんは、お金をかけても洸くんにいい体験をしてもらいたいと思ってるんじゃないかな」

「いい体験ね……」

洸くんはむすっとした。

「母さんは、ただ僕に役に立つことをさせたいだけだと思うけど」

「役に立つこと？」

苅部さんが洸くんを見る。

「推薦で大学を受けるとき、評価してもらえるようなこと。『部屋でゲームしてました』だとなんも評価されないけど、『プログラミングしてゲームを作りました』って言うと評価してもらえるんだってさ」

「なるほど」

苅部さんがうなずく。

その話はわたしも子どもがいるからよくわかる。最近の大学入試は一般より推薦が増えてきていて、そういうところではなにを体験してきたかが重要になる。だからどれだけ親が子どもにお金をかけたかで運命が分かれてしまうのだ。

「でも、手紙を書くワークショップが評価されるかはちょっとわからないよね。作文の練習にはなるのかもしれないけど」

洸くんがため息をつく。

「ここに来る人たちって、ほんとにみんな手紙を書くの？　ここのインクを使って？」

「うん。書くよ」

苅部さんがうなずく。

「見てみる？」

「え、見られるの？」

「外側だけだよ。中身は見られない」

苅部さんは立ちあがり、保管室の方に歩いていった。洸くんもあとについていく。

「ここが手紙を保管する部屋なんだ。お客さまが書いた手紙が仕舞われているんだよ。持って帰る人もいるけど、保管を頼む人の方が全然多いから」

苅部さんはそう言って、保管室の扉を開いた。細長い部屋の壁に沿って高い棚が並び、手紙をはさんだフォルダが無数にささっている。このなかにかつてわたしが祖母に書いた手紙もあるんだな。むかしの自分の悩みを思い出し、あのころは若かったなあ、と思った。

苅部さんが端の方のフォルダをひとつ取り出し、なかから封筒を出す。

「これがいちばんあたらしい手紙。今日書かれたものだよ。十時からの回の人と、十二時からの回の人。十時からの人はひとり、十二時からの人は三人グループだった。だから全部で四通」

「みんなここに預けていったんだ」

洸くんは不思議そうに封筒を見た。

「そうだね。みんなそれぞれいろいろあるんだよ」

「おじさんは全部読んだの？」

「読まないよ。なかは見ない約束だから」

「手紙の書き方を教えるんじゃないの？　そのとき内容を読むでしょう？」

学校の先生の作文指導のようなものだと思ったのだろう、洸くんはそう訊いた。

「いや、文の書き方は教えないよ。僕が教えるのは、インクの種類のことだけ。あとはみんな自由に書いてもらうし、僕は書いた文章を読まない」

「それでそんなに高いお金をもらってるの？」

洸くんがじろっと苅部さんを見る。苅部さんは目を見開き、真顔になった。

「たしかにそうだね」

苅部さんはそう言って、ははは、と笑った。洸くんがあきれたような顔になる。

「苅部さん、ワークショップを受けた人のなかには、手紙以外のものを書く人もいたんですよね」

わたしは訊いた。

「そうだね。絵を描いた人もいるよ。外のカウンターの机の上に、フクロウの絵があったでしょう？　あれはここのインクを使って、お客さまが描いたものなんだよ」

「ああ、あれ……。そうなんだ。画家の人が描いたものだと思ってた」

洸くんが言った。

「正確に言うと、あれはインクを買って帰って、あとで描いて送ってくれたものなんだけど……。その人は、ワークショップの時間中に何枚も絵を描いて、持って帰ったんだ。渡す相手がいるみたいで」

「でも、僕は絵もそんなに描けないし」

洸くんが口ごもる。

「そうだなあ。なにを書くか、まずはそこから考えようか」

苅部さんはそう言って、保管室を出た。

5

手紙室のカウンターに戻り、苅部さんがあれこれ案を出す。だが、洸くんはあまり気に入らないみたいだ。

「そういえば、洸くんはゲームが好きって言ってたよね」

ふと思いついてわたしはそう訊いた。

「そこまで好きなわけじゃないよ、ただほかにやることないっていうだけ」

洸くんが戸惑ったように答える。

「そしたら、ここにあるインクを使って、ゲームを作るのはどう？」

洸くんの答えは無視して、テンション高めの声で訊く。

「ゲーム？　どうやって？」

洸くんが不思議そうな顔になる。

「テレビやスマホのゲームじゃなくて、紙で作ったゲーム。洸くんも児童館とかでやったことあるでしょ？　すごろくとか」

「ああ、すごろくか、なるほど」

苅部さんが言った。

「すごろく……ってなんだっけ？」

洸くんが首をかしげる。

「盤面にスタートからゴールまでのルートが書かれていて、サイコロを振って出た目だけ自分のコマを進めて行くんだよ。途中に『一回休み』とか『ふりだしに戻る』とかがあって……」

わたしが説明すると、洸くんも、ああ、あれか、と思い当たったみたいだった。

「やったことあるよ。小さいころだけど。けど、あんなの作れるの？」

「作れるよ。前にうちの家族でスキーに行ったとき、吹雪になっちゃったことがあったんだ。外に出られないから、仕方なく部屋で遊ぶことになって。最初はトランプをしたんだけど、すぐ飽きちゃって」

わたしは答えた。あのときはまだ颯太が小学校低学年だった。

「そのとき夫がね、自分たちですごろくを作ろうって言い出したの。スキーすごろく。紙袋を切り開いて大きな紙にして……」

「へえ、おもしろそうですね」

苅部さんは関心を持ったが、洸くんはぴんとこない表情だ。心が折れそうになるが、洸くんの表情は無視して、高めのテンションで話し続ける。

「で、途中途中に『転んでスキー板をなくしてふりだしに戻る』とか『吹雪で一回休み』とかイベントのマスも入れて……」

すごろくはどんどん大きくなり、完成する前に吹雪がやんだ。夕方からナイターまでスキーをしたので結局すごろくは完成せず、遊ぶこともなかった。でも、作っているあいだは妙に楽しく、未完成のすごろくはいまでも家にとってある。

「すごろくを作るなら、大きな紙もありますよ。ふだんは使わないんですが」

茢部さんはそう言って、カウンターの裏の棚から大きな紙を出してきた。新聞紙くらいの大きさの真っ白な紙だ。

「うわ、でっか」

紙を見た洸くんが声をあげる。

お？　少し心惹かれてるみたいだ。

「これは、前に別のワークショップで使った残りなんだ。なにかに使えるかもしれないと思ってとっておいた。模造紙くらい大きな紙もあるけど、テーブルに広げて遊ぶならこれくらいの大きさの方がいいでしょう」

茢部さんが得意顔で言う。

「そうですね、この大きさがあれば立派なすごろくができますね」

ふたたびテンション高めに答えた。洸くんの気持ちを盛りあげたいということもあったが、大きくて真っ白な紙を見て、わたしもちょっとときめいていた。

「まあ、ゲーム作るのはいいんじゃない？　けど、どうせ作るなら人生ゲームの方がいいかな」

やった！　洸くんも少し乗り気になってきたみたいだ。

「ただのすごろくだと、結局『早くゴールに着いたら勝ち』ってだけでしょ？　なんかもうちょっとゲーム性があった方がおもしろそうだし」

「そうだなあ。人生ゲームも一種のすごろくだけど、イベントがいろいろあるもんな」

苅部さんがうなずいた。

たしかに人生ゲームでは、職業を選ぶ、家を建てるなどのイベントがいろいろあり、着順も加点されるが、勝敗は最後に持っていた金額で決まる。イベントごとになにを選ぶのが良いか考えなければならないところもあって、楽しめるようにできている。

「けど、作るのはけっこうたいへんかもしれないよ。お金とか家とか、盤面以外にもいろいろ作らなくちゃならなくなるし」

苅部さんが答える。

「そうかもしれないけど、ただ単にサイコロ振って進んでくだけだと、なんか子どもっぽくてつまんないし」

「わかった。じゃあ、ちょっとたいへんだけど、人生ゲームみたいなゲームにしよう」

苅部さんがうなずく。

「でも、お金儲《かねもう》けとか、結婚とか、正直そういうのはあんま興味ないかも」

洸くんがぼそぼそとそうつぶやいた。

「あー、要するに、現実的な人生じゃない方がいいってこと？」

苅部さんが宙を見あげる。

「そう……だね。もう少しなんていうか、そう、冒険っぽい要素があるやつ」

洸くんが思いついたように言う。

「冒険！　いいね！」

苅部さんも同意する。

「つまり、人生ゲームに似てて、冒険がテーマ、ってことだね」

「そうそう！　貯めるのはお金じゃなくて、食べ物とか道具とかでもいいじゃない？　RPGみたいにさ、どこかのマスに停《と》まったら、なんかのアイテムが手に入るとか、HPが増えるとか」

洸くんもぐっとやる気が出てきたみたいだ。

「なるほど。アイテムや食べ物のカードを作らなくちゃいけないけど、それは小さな紙に文字で書くだけでもいいし」

苅部さんが腕組みしてぶつぶつ言った。

「よし、それでやってみよう。まずは盤面作りだね。舞台はどうしよう？　山奥の秘境みたいな感じ？　それとも無人島？」

苅部さんが訊くと、洸くんがうーんと考えこむ。

「定番は無人島だけど、せっかく軽井沢にいるんだから、山？　まあ、軽井沢は山というより町って感じだけど」

洸くんが笑った。

「たしかにいまの軽井沢は開発されて町になってるけど、地形的にはいまも山に囲まれてるし、山ってことでいいんじゃない？　大むかしの軽井沢にするとか……」

「それだったら、なんかあって滅んだあとの廃墟《はいきょ》の方がいい」

洸くんが言い切る。

「えぇっ」

わたしは驚いて声をあげた。

「軽井沢を廃墟にしちゃうの？」

「まあまあ、そこはゲームですから。何百年もあとの世界、ってことで」

洸くんが大真面目な顔で言う。

「何百年もあとの……？　まあ、それならいいか」

「そうですよ、そのころにはもう三枝さんもいませんし、そもそもゲームなんですから。それに廃墟ってことにすると、宝とかもありそうだし」

苅部さんがさらっと言う。

「宝！　それ、いいね！　軽井沢宝探しゲームとか」

洸くんが目を輝かせた。

「宝探しゲーム……？　それだと最初に宝のありかに着いた人が勝ちになって、ふつうのすごろくと同じじゃない？」

　苅部さんが首をひねった。

「そうじゃないよ。宝はひとつじゃなくて、いろんなところにあるわけ。それを集めていく。コースにいくつか宝のありかに行く分岐を作って、サイコロでいくつを出さないとその道にはいれない、とか」

「なるほど！　それはおもしろそうだ。宝のありかにたどり着くゲームじゃなくて、いろんなところにある宝を集めていくゲームってことか」

　苅部さんが感心したようにうなずいた。

「そうそう、道具や食べ物や宝を集めてく感じ。だから、道具のカードと、食べ物のカードと、宝のカードを作って……」

　洸くんが指を折った。

「で、コースのあちこちにホテルのマスを作るんだ」

「ホテルのマス？」

　苅部さんが訊く。

「そう。そこが冒険者たちの宿になる」

「ああ、なるほど。廃墟になってるけど、ベッドはあるもんな」

「そう。それに、食べ物や道具もゲットできるかもしれない。そうだ、宝もそこでゲットできることにしよう」

「いいね。じゃあ、ホテルのマスにとまれたら、そこで何回かサイコロを振って、なにかをゲットできるようにするか」

「あと、ホテルに泊まるのは有料にする。お金がなければ泊まれない」

「え、廃墟なのにお金取るの？」

苅部さんが目を丸くした。

「そこはゲームだから。廃墟だけど番人がいるとかさ」

「はあ、なるほど。まあ、ゲームだからなんでもありか。ホテルの入口はメインのコースから少し引っこめて、お金払って泊まってもいいけど、通過してもいいことにする」

「うん、そうだね」

洸くんがうなずいた。

「で、ホテルのマスはなかがいくつかの部屋に分かれていて、それぞれが、食べ物、道具、宝とかになってる。で、一マスにつき一回サイコロを振って、指定された目が出たらそれをもらえる。宝や道具はだれかが持っていっちゃったら終わり。なにもなくなっちゃったらそこは単なる宿にする。でも、泊まればＨＰが回復する」

洸くんがどんどん計画を立てていく。

「あ、けどさ、お金はなしの方がよくない？　文明は滅んでるわけだし。代わりに、食べ物や道具を持ってる人は、それを払えばはいれるようにするんだ。そしたら、食べ物や道具はまた補充されるだろ？」

苅部さんが提案した。

「なるほど。おじさん、頭いいね。そうしよう。ホテルも大きいのと小さいのを作る。大きいホテルは部屋がたくさんあるけど、はいるのにたくさん払わないといけない」

「そうだね。宝はどこもひとつとして、食べ物や道具はたくさんあってもいいし」

洸くんと苅部さんはいつのまにか意気投合して、話をどんどん進めている。

「ホテルはいくつ作る？」

「そうだなあ。どうしようか。コースは直線で四角くて、内側に向かって渦巻きになった形にして……。ほら、ラーメンどんぶりの縁のところに描かれている渦巻きみたいな……」

「ああ、雷紋ね。でも、あちこちまわって、食べ物や道具が集まってはじめてホテルにはいれるわけだよね。そしたらホテルにはいるまで、いろいろ集めないといけないわけじゃない？　一本道の渦巻きで終点に行くんじゃなくて、四角をぐるぐるまわってさ、ホテルにも何度も寄れるようにした方がいいんじゃない？」

「たしかに。ホテルにはいっても一度でそこの食べ物や道具を取れるわけでもないし。何周もして、溜めていける方がいい。じゃあ、長方形にしよう。で、その角ごとにホテルがある。それで、真ん中に最後のチャレンジゾーンを作る」

「チャレンジゾーン?」

苅部さんが訊く。

「そうそう。そこに行くにはすごく費用がかかる。宝をいくつ、とかさ。それでチャレンジゾーンにはいって、サイコロを振る。指定された目が出ればいちばん大きな宝がもらえる。でも、失敗したらなにもなし。冒険者が支払った宝は没収されて、もとの場所に戻る」

「いいね。もとに戻った宝はまた別の人がゲットできるようになるってことか」

「そうそう」

洸くんがうれしそうにうなずいた。

「でも、ホテルを角に置くと、四つだけになっちゃうよ。少なくない?」

苅部さんが紙を見ながら言う。

「そしたら長い辺の真ん中にもホテルを入れようよ。そしたら六つになるから」

「うん、それくらいの方がいいね。で、食べ物や道具はホテル以外にもゲットできるポイントを作って……。ピンチのポイントも作らないと。熊が出てきて隠れるため一回休み、とか……」

「橋が壊れてて渡れないとか……？　えーと、軽井沢に川ってある？」

「あるよ、もちろん。有名なのは湯川《ゆ》、精進場川《しょうじんば》、矢ケ崎川《やがさき》、発地川《ほっち》……」

茢部さんが指を折って説明する。

「現実の川の名前を使うんですか？」

わたしはちょっと驚いて訊いた。

「架空の名前にしてもいいけど、考えるの面倒臭いし、舞台は軽井沢なんだし……」

洸くんが答える。

「だったら白糸《しらいと》の滝《たき》の方から流れてくる湯川がいちばん冒険ぽいかも」

「白糸の滝はいいね」

茢部さんはそう言って、タブレットで白糸の滝の写真を見せる。白糸の滝は岩肌から湧き出た地下水が作る滝で、湾曲した岩壁に細い糸のような水がいく筋も流れ落ちる。高さ三メートル、幅七〇メートルで、湯川の源流となっている。バスや車で簡単にアクセスできることもあり、軽井沢の有名な観光スポットだ。

いまは途中の木橋が壊れているため通行止めになっているが、旧三笠《みかさ》ホテルの近くから信濃路自然歩道にはいり、竜返しの滝を通って白糸の滝まで行くトレッキングルートもある。長さ一一キロ、標高差四一〇メートル。アップダウンもあり、すべて歩けば三時間を超えるルートだ。川のせせらぎを聴きながら木々のなかを歩くので、ちょっとした冒険感もある。

「へえ。たしかに冒険っぽいね。じゃあ、この滝にもなんかあることにしよう」

写真をちらっと見て、洸くんが言った。

「滝の裏に宝があるとか？」

「いや、ここは宝より、魔法の力とかの方が合いそう」

洸くんが言い切る。

「たしかに。じゃあ、ＨＰの回復とかは？」

「それもいいね。ここにとまったら自動的にＨＰが回復。さらにサイコロを振って特定の目が出たら、特別な魔力をゲットできる。ピンチのマスにとまったときに、それを使えば回避できる」

「なるほどね。そしたら、ホテルとホテルのあいだのコマに観光スポットを入れて、そこにもなんかあるってことにしようか」

苅部さんが言った。

「そうだね。なら、ホテルも実際にあるホテルにしよう。スタート地点は銀河ホテル」

洸くんが言う。

とうとう銀河ホテルも廃墟に……。だが、ゲームなのだ。なにがあってもいいだろう。

「あと五つホテルを決めないとね。軽井沢はホテルが多いから迷うなあ」

苅部さんが宙を見あげる。

「ホテルは僕よくわかんないし、まかせるよ」

「まあ、まずは『万平《まんぺい》ホテル』だよね。歴史があるし。それから『旧軽井沢 ホテル音《おと》羽《わ》ノ森《もり》』。それから『プリンスホテル』。あと、星野《ほしの》リゾートも。とりあえず泊まってみたい憧れの宿を全部ならべるか」

「え、おじさん、ここのホテルの人なのに、別のホテルを薦めちゃっていいの？」

「もちろん、銀河ホテルがいちばんだよ。けど、ときには別のところにも泊まってみたいだろ。全部高いホテルだけど、ゲームなら泊まれるからね」

「まあ、廃墟だけどね」

洸くんが笑った。

「一軒くらい旅館も入れときたいから『つるや旅館』と」

盤上の銀河ホテルとつるや旅館は小さめで、部屋は四つ。あとのホテルは大きくて、部屋が六つ。

ほかのスポットもみんなで決めた。フロントから軽井沢散策マップを持ってきて、観光スポットを紹介した。写真と説明のはいったイラストマップだ。

食べ物が手に入るのは軽井沢・プリンスショッピングプラザと、旧軽井沢銀座《ぎんざ》通り、宝があるのは旧三笠ホテル、石《いし》の教会　内村鑑三《うちむらかんぞう》記念堂、軽井沢高原《こうげん》教会、軽井沢ショー記念礼拝堂。HPやMPは白糸の滝と雲場池《くもばいけ》、ピッキオ。ここではサイコロの目によって、特別な魔力ポイントがもらえる。

盤上のルートは単純な長方形なので、位置関係は無視することにした。最後に真ん中にある大きなチャレンジゾーンに行くのだが、その真ん中を浅間《あさま》山とした。ここには大きな宝があるが、はいるためには宝を三つ預けないといけない。なかでサイコロを振って、指定された目が出ればその宝が手にはいり、預けた宝も戻ってくる。失敗したら宝はもとあった場所に戻され、冒険者はふりだしに。だれかが最後の宝を取ったところでゲーム終了。手元にある食べ物や道具、宝を換算して二位以下を決める。

「これでだいたいいいね。まずは全体を書こう。スタートとゴールと、ホテルとイベントのあるマスと……」

苅部さんはそう言って、カウンターの奥の棚から長い定規を出してきた。

「とりあえず、ルートを鉛筆で下書きしよう。で、その上からインクでなぞって、鉛筆はあとで消す。フリーハンドでもいいけど、ここまで大きな紙だと途中でぐにゃっとなっちゃいそうだから、この定規を使ってもいいよ」

苅部さんが定規を差し出す。洸くんはうなずいて定規を受け取った。

「うーん、ほんとは木の枝みたいな曲線で書いたらかっこいいんだろうけど。でもうまくできないかもしれないし、今回は定規を使います」

洸くんは鉛筆をにぎり、ルートの形を考えながら、線を引いた。さっき相談したように、四角いルートと真ん中のチャレンジゾーン、それからホテルやイベントのマスを作った。

「じゃあ、本書きにはいろうか。枠の線は何色がいい?」

「そうだなあ。山が舞台のゲームだから、枠は茶色がいいんじゃない？　で、緑で葉っぱみたいな飾りをつける、とか」

「ああ、いいね。そしたら、枠の色は……」

茢部さんがインクの棚の前に行き、インクの瓶をいくつか持ってきた。

「茶色はこれがいいかな」

茶色のインクを小瓶にとりわけ、小さな紙にペンですーっと線を引く。

「いいんじゃない？　木や土の色って感じ」

洸くんがうなずく。

「緑はいろいろ持ってきたよ。あかるいの、暗いの、黄色っぽいの。これを組み合わせれば森っぽくなるでしょう」

茢部さんはそう言って、いくつかの緑のインクを小瓶に分けた。

「枠は定規で引いちゃうと味がなくなっちゃうから、本書きはフリーハンドにしよう。下書きから出来るだけズレないように、茶色のインクでなぞっていく。おじさんはこっちから描いていくから、洸くんはそっちの端から描いていって」

「うん、わかった」

洸くんは大きくうなずいた。

「で、三枝さんは……」

苅部さんがわたしを見た。

「え、わたしも、ですか?」

「人手が足りないんで、協力してください」

苅部さんが笑う。

「わかりました。わたしも線をなぞる感じですか?」

「いいえ、三枝さんは、緑のインクでところどころにいい感じに葉っぱを描く係」

苅部さんがにっこり微笑み、緑のインクの小瓶とペンを差し出す。

いい感じ……? どういう葉っぱがいいか見当もつかないが、わかりました、とうなずいた。

6

しばらくそれぞれ黙々と作業した。苅部さんは全体の枠線を描き、洸くんはイベントのマス目を埋める。最初ペンの使い方に慣れず苦労していたみたいだが、慣れてくると楽しくなってきたみたいで、あれこれイベントを決めて文字を書いている。

わたしの描いた葉っぱは洸くんの受けもよく、ホテルの内装もまかされた。内装といっても、マス目に分けて「客室」「食料庫」「道具部屋」「宝の部屋」と書くだけだが。

それから手分けして、食料や道具や宝のカード作り。複雑な絵を描く時間はないので、宝は記号化された宝石、つまりカットされたダイヤみたいな形で、これは一部屋にひとつしかない。

食料は「米」「麦」「肉」「いも」「野菜」「果物」、道具は「ナイフ」「ロープ」「食器」「はんごう」「寝袋」など思いついたものを文字で書く。裏側にはそれぞれいくらで換算されるかの数字を書いた。

時間がないので、ＨＰはピンク、ＭＰは水色の紙を小さく切るだけ。

「たまにはこういう子どもっぽい遊びもいいですね」

大人びた口調で洸くんが言う。小学生の洸くんが「子どもっぽい」というのがおかしかったが、塾にも行っているみたいだし、ふだんはあまり遊ぶ暇がないのかもしれない。

「なに言ってんだ、これは立派な大人の仕事だよ。ゲームもね、遊ぶのは子どもかもしれないけど、作ってるのは大人なんだ。大人が知恵を絞って作る。すごくクリエイティブな仕事だし、ヒットさせなくちゃいけない。なかなかきびしい世界なんだよ」

苅部さんが大真面目に答える。

「なるほど、たしかに。作ってみるといろいろわかりますね。細かいルールも決めなくちゃならないし、ゲーム作るのもたいへんなんだな」

洸くんが自分の作ったカードを見おろす。

「そう、たいへんなんだ。生きていくのはね、みんなたいへん。大人も、子どももね」

苅部さんが笑った。

「仕事もたいへんだけど、子どもだってたいへんだよね」

「そうなんだよ。塾だってあるし」

洸くんがその通り、という顔になる。

「もちろん塾の勉強がたいへんなのはそうなんだろうけど、それは与えられたものをこなす、って感じだろ？　そうじゃなくてもっと……。塾に行ってても行ってなくても、どういう道に進むか、選ばなくちゃいけないじゃない？」

「選ぶ……？」

洸くんはぼんやり答える。あまりぴんと来ていないみたいだ。

「洸くんはいま中学受験でしょ？　だからまだ考えなくていいかもしれないけどさ。大学を選ぶときは学部だって決めなくちゃいけないし。大学のあとは仕事を選ばないといけないしね」

「それは……。成績で決めればいいんじゃないの？　自分が得意なことをすれば……」

「そうなの？　でもそれでいいの？　洸くん自身にはやりたいこととかないの？」

苅部さんが洸くんの顔をじっと見た。

「やりたいこと？」

洸くんがぐっと黙る。

「わかんない。そこまで考えたことないし。いまは勉強するので精一杯だし」

そう言って目を泳がせた。

「母さんも塾の先生も、中学受験がすごく大事だって言うんだ。大学は一般入試より推薦の方が多くなってきてるから、どこの高校に行くかが重要なんだって。中高一貫のところも多いし、中学に行く時点で、自分の行きたい大学の推薦が取れるところに行った方がいいって」

「そうか」

苅部さんが真顔でうなずいた。

たしかにわたしたちのころとちがって、推薦の割合が増えている。だから高校選びが重要になる。結菜もそれで隣町の私立に行くことにした。このあたりでもそうなのだから、東京はなおさらだろう。

「とにかくいい学校に行けば選択肢は増えるからって。中学入試の時点でいろんなことが決まっちゃって、あとで挽回《ばんかい》しようとするとすごくがんばらないといけないって言われた。だからいまがんばらないといけないんだけど……」

洸くんがため息をつく。

「失敗できない気がして、なんか怖いんだ」

うつむきながら、そう言った。

「なにが怖いのか、うまく言えないんだけど」

「そうか」

苅部さんがもう一度うなずく。洸くんはうつむいたまま、じっと黙っている。

——母さんはさ、中学のころなにになりたいと思ってた？

そのときふいに颯太の言葉を思い出した。たしかアイスホッケーの試合が終わってしばらく経ってからだった。颯太とふたりで進学のことを話していたとき、急にそう訊かれたのだ。

——え、なんで？

──いや、ちょっと訊いてみたかっただけ。なにになりたかったの？

──えー、そうだなあ、ぼんやりとだけど、観光関係の仕事がしたいと思ってたよ。

──じゃあ、銀河ホテルに就職して、夢がかなったってこと？

颯太が訊いてくる。

──まあ、半分かなった、って感じかな。もともとはもっと大きな東京のホテルで働きたかったんだよね。あと、海外とか。

──え、海外？　なんで？

颯太が驚いたような顔になる。

──うーん。そのころはそれがかっこいいと思ってただけ。深い意味はないよ。いまは銀河ホテルでよかったと思ってるし。

そう、あれは単にイメージだけだった。仕事の中身なんて全然知らなくて、ただ、大きくて立派なホテルに勤めることに憧れていただけ。

──ふうん……。

颯太は納得したんだかしていないんだかわからない顔になった。

──でも、じゃあさ、そもそもなんで観光の仕事がよかったの？　観光の仕事のどこがいいの？

ややあって、そう訊いてきた。いつになく真剣な表情だ。

観光のどこがいい……？　もちろん嫌なことや辛いこともあったけれど、いまはこの仕事でよかったと思っている。毎日充実しているし、お客さまの役に立てるのもうれしい。だが、中学のころのわたしはどうだっただろう？　そんなことまで考えていなかった気がする。

――それも、なんとなく、かな。おばあちゃんちもペンションやってたでしょう？　軽井沢にいるとまわりにホテルがたくさんあるし、仕事って言ったら観光関係、って思ってたし。

――目の前にあったからなんとなく、ってこと？

颯太が言った。

――そうかも。でも、仕事ってそんなものかもよ。子どものころに憧れの職業があっても、それになれる人はほんのひとにぎりで……。颯太は？　颯太はなんかやりたいことあるの？

――うーん。それが、わかんないんだ。

颯太はぼそっとそう言って、うつむいた。

――小学生のとき、二分の一成人式があったでしょう？　あのとき将来の夢を書きなさい、って言われて、すごく困ったんだよね。

――ああ、そうだったね。

なりたいものなんてないよ、と言いながら、颯太がすごく困っていたのを思い出した。困りに困った挙句、当時スケートを習っていたので、スケートの先生と書いていた。

――スケートがそこまでうまくなれると思ってなかったけど、スケート教室で教えるくらいならできるかな、と思ったんだ。でも、ほかのみんなはもっとちゃんとしたことを書いてて……。

そうだった。盲導犬の訓練士になりたいとか、福祉関係の仕事をしたいとか、森を守るために林業につきたいと発表している子もいて、どこでそういうことを知るんだろう、すごいな、と思ったりしていた。

――アイスホッケーは好きだけど、仕事にできるほど強くなれるとは思えない。よくわからないんだ。すごく得意なこともないし、これをやりたいっていうものもない。姉さんみたいに東京に行きたいとか、いい学校にはいりたいみたいなのもなくて……。

颯太はそこでふうっと息をつく。

――けど、まわりからはそれでいいのか、って言われる。東京に出たくないのか、って。東京の大学に行けば、おもしろいことがたくさんあるし、いろんなことができるって。だけど、別に行こうと思えば新幹線で一時間くらいでしょ？

――まあ、そうだけどさ。

――大学に行くならどこかに出るしかないんだけど。でも将来なにをするかなんて、全然わからない。なんていうか、僕はふつうでいいんだよね。

——ふつう？

——たぶん、いちばんの望みは、いまの毎日がそのまま続いていくことなんだ。いまのままでとくに不満はないっていうか。

——不満がないのはいいことだと思うけど、いつまでも子どものままってわけにはいかないじゃない？　大人になったらなんかしら仕事しないといけないわけだし、仕事を選ばないといけないでしょう？

——それはまあ、そうなんだけどさ。

颯太は煮え切らない口調でそう言った。のんびりしているというのか、きょうだいだけど結菜とは全然考え方がちがうんだな、と思った。結菜は経済系の学部に行きたいと言っている。できるだけ偏差値の高い大学に行きたいから、という理由で、私立大学に的を絞っているようだ。

「母さんも必死だから……」

洸くんの声にはっとした。

「必死？」

苅部さんが洸くんをじっと見た。

「そう。うちは親が離婚してるんだ。父さんは僕が保育園のころに出ていっちゃったから、あんまり覚えてない。そのあとはずっとおばあちゃんちにいるんだ。四年生になったら塾がはじまって、僕も週に二回は塾に行くようになって。宿題がたくさん出るんだよ、それで、塾がない日も毎日勉強で」

洸くんはぽつりぽつりと話し出した。

「母さんはすごくたくさん仕事をしてて、毎日帰りが遅くて。まあ、僕も五年生になってから週に四回塾があるし、母さんと同じくらいの時間になることもあるんだけど」

洸くんは五年生なんだ。それにしても五年生からそんなに勉強しているのか。ほんとに遊んでる暇はないんだな、と思った。

「母さんはすごくたくさん仕事をしてるけど、僕の学費のためには仕方がないんだって。それを見てると、いい大学にはいって、いい仕事につかないとダメなんだ、って思うんだ。そのためには中学受験でがんばらないといけない。それはわかってるんだ。けど、毎日毎日勉強で、なんかもうへとへとで」

洸くんが頼りない笑みを浮かべた。

「ずーっと長い平均台の上を歩いてる感じでさ、そこから落っこちちゃったら人生終わり、みたいな。塾に行ってない人とか、行っててもちゃらんぽらんな人とか、見てるとなんかいらいらするんだ。自分は落ちたくないって思うし、テストの結果が悪いと気持ち悪くなったりして……」

まだ五年生なのに。きっとすごいプレッシャーなんだろう。

「だからさ、今回も時間があるなら部屋で寝ていたかったんだよね。デイキャンプも、母さんが『将来の大学受験で役に立つかもしれないから』って言って予約したんだよ」

「大学受験で?」

苅部さんが首をひねる。

「推薦入学では学校以外でいろんな経験をしてた方がいいんだって。面倒臭いと思ったけど、それならやらないといけないのかな、って。だから正直、中止になってよかった、って思ってたんだけど」

「洸くんもたいへんなんだな」

苅部さんが洸くんをじっと見る。

「でも、この手紙室のワークショップは楽しいよ」

洸くんがにっこり笑った。

「受験の役に立つとは思えないけどね」

「まあ、たまにはね、役に立たないことをするのもいいんじゃないか」

苅部さんが微笑む。

「でも、遊ぶところまでは無理そうだね。もう時間が……」

洸くんに言われて時計を見ると、三時二十分。終了の十分前だった。

「けど、ここまで作れたのはすごいよ。まだあと十分あるし、次の回がはじまるのは四時だから、三時五十分くらいまではここで続きを作ってても大丈夫だよ。おじさんは次の準備しないといけないけど」

「ほんとに？　じゃあ、とにかく完成させよう。真ん中の浅間山がまだだし。そこにある大きな宝のことも決めないと。宝はなにがいいんだろ」

洸くんが首をひねる。

これまで、ホテルにはひとつひとつ宝石が眠っていることにしていた。万平ホテルにはダイヤモンド。旧軽井沢　ホテル音羽ノ森にはエメラルド。プリンスホテルにはルビーで、星野リゾートはサファイア。つるや旅館は真珠で、銀河ホテルはアメジスト。

「宝石は使い尽くしちゃったし、最後の宝はそれよりすごくないとダメだよね？」

莉部さんが言った。

「そうだなあ。どうしよう。うーん」

洸くんは少し腕組みをして考え、じゃあ、金にしよう、と元気よく言った。

「そうか、金！　宝はやっぱり金だね」

莉部さんがにっこり微笑んだ。

「そしたら、これを使おう」

莉部さんが棚からインク瓶を持ってくる。

「WINSOR&NEWTONというメーカーのGOLDっていうインクだよ。これはドローイングインクだから、つけペンには向かないんだけど」

「向かない？　どうして？」

「どろっとしてるからね。太いペンじゃないと使えないんだ。それはちょっと使い方がむずかしいし、筆で塗ろう。輪郭を鉛筆で描いて筆で塗る」

「わかった」

「金の形はどうする？」

「形？　えーと、よくあるじゃない、いかにも宝、って感じの……。デカい直方体みたいな……」

「金の延べ棒？」

「そう、それ！」

洸くんがぽんと手を叩く。

「よし、じゃあ、それにしよう。この真ん中に積みあがった延べ棒を描こう」

「了解！」

「あと、完成はまだだけど、とりあえず、ゲームのタイトルを考えようか」

莉部さんが言った。

「タイトル？　ああ、そういうのも必要だね。どうしようか」

「とりあえず、『軽井沢』と『宝』は入れたいよね」

「そうだね」

洸くんがうなずいて、考えこむ。軽井沢……、宝……とぶつぶつつぶやいている。

「えーと、じゃあ、『軽井沢黄金伝説』は？」

しばらくして、洸くんが言った。

「おお、いいね！　『軽井沢黄金伝説』。わかりやすくてすごくいい。じゃあ、それにしよう。そしたら、このチャレンジゾーンの浅間山の頂上にそれを描こうな」

「わかった」

洸くんがうなずいた。

7

三時半になった。苅部さんは次の準備作業をはじめなければならないが、洸くんとわたしは色塗りを続けることになった。

「で、念のためなんだけど、作ったものは持ち帰ってもいいし、ここで預かってもいい。さっきの保管室にね。すごく素敵だから、ここで預かってフクロウの絵みたいに壁に飾りたいところなんだけど、今回は持って帰るよね？」

苅部さんが訊いた。

「え、どうしよう。持って帰っても……」

洸くんが戸惑った顔になる。

「せっかくここまでできたんだ。持って帰って、今晩お母さんと遊ぶといいよ」

「母さんと？」

洸くんが驚いたような顔になった。

「お母さん、今日までは仕事の準備でたいへんだったと思うんだ。だからあまり遊べなかったと思うけどさ、まだ二泊するんだろ？」

苅部さんが言った。わたしは話していなかったが、いつのまにか大原さんの宿泊予定を調べていたらしい。

「そう。なんか、せっかく行くんだから観光しよう、って。いつもは仕事が終わったらすぐに帰るから、軽井沢のほかの場所は見たことがないんだって言ってた」

「そしたら、あんまり軽井沢のことも知らないかもしれないな。ゲームをしながら、洸くんが教えてあげればいい。さっきの観光マップを見ながらね」

「ああ、まあ、そうか……。さっき教えてもらったから、少しならわかるかも」

洸くんが自信なさそうな顔になる。

「けど、母さん……。疲れてるだろうし、迷惑じゃないかな」

「いや、こんだけしっかりできてるんだし、きっと遊びたくなるよ」

「そうかなあ」

洸くんは納得していないみたいだ。

「そうなんだよ。大人だってもともと子どもだからね。『大人』っていう別の生き物に生まれ変わったわけじゃないんだ。いろいろあって『大人』らしくふるまってるだけ。それはそれで、けっこう無理してたりするんだよ」

苅部さんが笑う。その通りかもしれない、と思う。

「そうそう。小学生のころは勉強なんか好きじゃなかったし、寝坊もしてたし……。だから、自分が『早く起きなさい』とか『宿題しなさい』とか言うようになるなんて、思ってもみなかったよ。でもなぜか、親になると言わなきゃならなくなるんだよね」

そう言って、ははは、と笑った。負けず嫌いだったから、いつのまにか勉強もするようになった。でもいまだに、ただごろごろしていた小学校の夏休みのことを思い出す。自分はあそこから全然成長していないのに、と思う。

「これは洸くんには関係ない話なんだけどさ、実はおじさんのところも両親が離婚しててね。おじさんは父と暮らしてたんだ」

苅部さんが言った。

「え、お母さんは？」

「うーん、母は自由奔放な性格でねえ。別の男のところに行ってしまったんだよ」

苅部さんが遠くを見る。はじめて聞く話だ。そうだったのか、と驚き、なんと反応したらいいかわからなくなる。

「え、それは……。たいへんだったね」

洸くんも戸惑っている。

「小さいころの話だから、母のことはあまり覚えてない。イギリス人だったんだ。父は日本人。おじさんは母親似らしくて、父といても親子だと思われないことも多かったんだよね。父自身もよく、お前はほんとに俺の子なのか、って言ってたくらいで」

「似てないってこと？」

「そうだね」

苅部さんがまた笑った。

「そんなこと、僕に訊かれても困るよなあ、と思ってたけどね。でも、なんていうか、父は全然親っぽくない人だったから」

「親っぽくない？」

「洸くんのお母さんみたいに、きちんとしてないってこと。父はいろいろな場所に行く仕事だったから、自分もよく父に連れられて仕事先に行ってたんだ。父は仕事をしているあいだ、僕のことは放《ほ》ったらかしでね。宿でいくら待っても帰ってこなくて、そのまま寝ちゃったり。で、朝起きるとベッドに酔っ払った父が寝てる、みたいな……」

「そうだったんだ。おじさんもけっこうたいへんな人生を送ってたんだね。自分もたいへんだと思ってたけど、上には上がいるっていうか……」

洸くんが憐《あわ》れみのこもった目で苅部さんを見る。

「でも、僕は父のことが好きだったし、すごく……尊敬してた」

「そうなの？」

「うん」

苅部さんが深くうなずく。

「もしお母さんがダメだった場合は、ここに戻ってきていいよ。おじさんは九時半まで仕事だけど、そのあとならゲームできるし」

「え、ほんと？」

「お母さんといっしょでもいいよ。たぶんこのゲームは大勢で遊んだ方が楽しいだろうし。三枝さんはお子さんがいるから家に帰らないといけないけど、ほかにもメンバーを探しておくから」

「いいの？」

「ほかのメンバーが見つかるかどうかわからないけど、おじさんは絶対にここにいる。そのゲーム、ちゃんと遊んで試しておきたいし。がんばって考えたけど、もしかしたらうまくいかないところがあるかもしれない。それを確かめておきたいんだ」

「そうか。そしたら、母さんに訊いてみようかな」

「そうだね。訊いてみないことにははじまらないから」

苅部さんが洸くんをじっと見た。

「自分で訊くことが大事なんだよ。待ってちゃダメなんだ、なにごともね。僕の父は、親としてはあまり立派じゃなかったけど、そのことだけは教えてくれたんだ。好きに生きろ、なんでも自分で決めるんだ、って」

「でも、自分で決められることなんて……。塾には行かないといけないし……」

そこまで言って、洸くんは言葉を呑みこんだ。

「行かないと人生が終わるわけじゃないよ。洸くん、さっき言ってたじゃないか。いい大学に行って、いい仕事につかないといけない、だからがんばるって。それは洸くんが判断したことだろ」

「そうだね」

「判断するっていうのは、すごくむずかしいことだよね。それにすごく重い。結果を全部自分で背負わなくちゃいけなくなるからね。人の言うことを聞いてる方が楽だから、みんなどんなに辛くても、長い平均台の上を歩いてしまう。それ以外の道なんてない、と思う。けどそれだって、歩かされてると思うのと、自分で決めて歩いているのはちがうだろう？」

　苅部さんの質問に、洸くんは無言でうなずいた。

「途中でちがうと思ったら、別の道に行ったっていい。それが自分で決めるってことで……。大事なのは、なにを選んでも人のせいにしない、ってこと。けど、それはすごく……すごくたいへんなことだ。先は見えないし、うまくいかないことの方が多いし。まあ、とにかくさ、お母さんを誘ってみな。ゲームしようってさ」

「そうだね」

　洸くんは迷いながらうなずいた。


　それから、ふたりで色塗りを続けた。洸くんはチャレンジゾーンの金を塗り、わたしは葉っぱやホテルの内部を塗る。

　塗りながら、結菜と颯太の子ども時代のことをぼんやり思い出していた。ふたりの子ども時代の思い出のほとんどは、軽井沢につながっている。この場所で過ごし、この場所で遊んだ。それも少しずつ終わりに近づいている。

　人生も冒険のゲームみたいなもので、分岐のマスに来ればなにかを選択しないといけない。ほんとうの人生ではそこに分岐って書かれているわけじゃないから、知らずに選んでしまっていることがほとんどだけど。あとになって、あれが分岐だったんだ、と気づく。

颯太がいまいるのもそういう場所だ。なにを選ぶかによって今後の人生が変わる。きっと重いんだろうな、と思う。重くて、苦しくて、不安なんだろう。颯太は未成年だから、親もその選択に責任を持つ。けれども、その後の人生を背負うのは颯太自身だ。親にできるのは、選択肢をできるかぎり増やすことだけ。

——颯太は自分の悩みをうまく言語化できないいんじゃないかなあ。

以前、颯太について話していたとき、明大がそう言っていたのを思い出した。あれは小学校低学年のころのこと。学校でなにかあったのか、颯太がだんまりになってしまったときのことだった。

——君や結菜みたいに、みんなが自分の考えていることを言語化できるわけじゃないんだよ。

——どういうこと?

言われたことがよくわからず、わたしは訊き返した。

——不満や不安をわけのわからない大きなかたまりに感じる人も多い、ってこと。気持ちは重いけど、なんでそうなるのかわからない。

——大きなもやもやが目の前にあるだけで、正体を見定められないっていうこと?

——そうとも言えるけど……。そもそも大きなもやもやと自分を切り分けられないいんだよ。君や結菜はちがうだろう？　「原因」となるなにかがあって、それがあるから「自分」は悩んでいる。その原因を解決すれば、すっきりするはずだって考える。けど、そうじゃないんだ。そういうタイプの人は「原因」と「自分」を切り分けられない。

——どういう意味？

——たとえばさ、船で大海を旅しているときに嵐が襲ってきたとする。そうなると、海は荒れて、船はたいへんなことになるだろう？　もちろん乗っている人も。みんな嵐のなかにいるんだ。切り分けることに意味がない。嵐がおさまればもとに戻るけど、そのときは嵐に耐えるしかない。

少しだけわかった気がしてうなずいた。

——君や結菜は、原因を自分の外に出して、外から見ることができるタイプなんだよね。自分の感情が原因だった場合も、とにかく外に出して対象として見ようとする。

——それが言語化するってこと……？

——そうそう。そうなれば対象をなんとかするとか、対象の捉え方や距離の取り方を変えるとかいろいろやりようが出てくる。君や結菜は自分の感情より、状況を改善する方を優先するタイプなんだろうね。現実的っていうか。けど、世の中にはそうじゃない人もいるんだよ。ただ上に下に大揺れしているだけになっちゃう人。僕もそうだったからなんとなくわかる。

——え、明大が？　そうなの？

驚いてそう訊いた。

——結菜やわたしよりよっぽど冷静で客観的に見えるけど。

——いや、それは大人になってから身についたことで……。

明大が笑った。

——君たちは、なにか起こるとすぐに反応するだろう？　合っててもまちがってても、とにかく思いつくことをやってみる。試行錯誤をくりかえして、状況を把握していくタイプ。思考の運動神経が優れてるんだろうね。僕はそういうことはできないから、身を守るためにとにかくいったんすべて遮断してしまうんだ。一種の思考停止状態。嵐になったとき、意識だけ浮遊して遠くから状況を見つめてる、みたいな。冷静に見えるかもしれないけど、実際は単にフリーズしてるだけ。

——颯太もそういうタイプってこと？

——なんとなくそんな気がする。僕の場合、世の中にはそうじゃない人がいるって気づいたのは高校くらいのときなんだ。それから意識して自分とちがうタイプの人と話すようになって、言語化することの大切さも学んだ。でも颯太くらいの年のころは、世界が全部混沌《こんとん》として見えてたから。

——でも、それって、もっと深いところまで感じ取ってるからかもしれないね。わたしはとりあえず自分に見えるとこまで見て素早く反応しちゃうけど、あとで考えると考えが浅かったな、って思うし。

――そうか。ものの捉え方もアプローチも、人によってちがうんだよね。みんな、人のことはわからない。不思議だね。

明大は噛み締めるように言った。

――ほんとにいろんな人がいるんだよ。会社でもさ。だから、話が通じない若手がいても、怒る気にはならないんだ。この人は全然別の考え方をしているのかもしれない、って思うから。

その話を聞きながら、明大が穏健な性格と思われているのはそのおかげなのかもしれない、と思っていた。


色塗りはなんとか終わり、わたしたちは道具を片づけ、手紙室を出た。だが、まだ少しカード作りが残っている。それで、フロントに大原さん宛ての伝言を残して、蔵書室で作業を続けた。

蔵書室の隅の机で、ふたりでカードに書きこみをした。まわりにはほかのお客さまがいるから、黙々とカードに食べ物や道具の名前を書き、裏に数字を記入した。ホテルに泊まるときや、ゲームが終わったあとに換算するための点数だ。

作業がだいたい終わったところで、大原さんがあわてて蔵書室にはいってきた。

「ありがとうございます。長い時間見ていただいて、申し訳ないです」

わたしたちを見つけると急いでこちらにやってきて、頭をさげた。

「いいえ、おかげさまで、こちらも楽しい時間を過ごしました。ワークショップではゲームを作ったんですよ」

「え、ゲーム？」

大原さんが不思議そうな顔になる。

「手紙を書くんじゃなかったの？」

「手紙室の人がなんでもいいって言ってくれて。それで、これを作ったんだ」

洸くんが机の上にゲームを広げた。

「え、これ？　すごい。これを洸が？」

大原さんが目を丸くした。

「そう。僕ひとりじゃなくて、手紙室の苅部さんっておじさんと、三枝さんもいっしょに作ったんだよ」

洸くんがそう言ってわたしを見た。

蔵書室のなかでは会話ができないので、三人で蔵書室を出た。フロントの方に歩いていく途中で、洸くんがゲームについて話しはじめる。

「ルールも決めたし、いろんなカードもだいたい作り終わったし、もう遊べるところまで来たんだ。でも、まだ遊んでなくて。それで……」

そこまで言って、洸くんが立ち止まった。

「えーと、母さんと遊ぼうと思ったんだ。今日の夜ね、ごはんが終わってからでいいんだ。手紙室に行けば、手紙室の人がいっしょに遊んでくれるって言ってて……」

迷いながら一生懸命話しているのを見て、なんだか涙が出そうになった。大原さんも洸くんの話をうなずきながら聞いている。

「手紙室の方が？」

「人数が多い方が楽しいだろうから、ほかの人も探してくれるって言ってて……」

「あの、いいんですか、そんな……」

大原さんがわたしの方を見た。

「もちろんです。大原さんにはいつもたいへんお世話になっていると高林から聞いていますし、手紙室の苅部も、ゲームがうまくできているか点検したい、って言ってましたから。わたしもゲーム作りに参加させていただいたんです。とても楽しくて、それに……」

そこで大きく息をつく。

「とっても良くできてるんです。軽井沢の名所めぐりもできるようになってて」

「名所めぐり？」

大原さんが目を見開く。

「そうなんです。何百年も経って、廃墟になった軽井沢が舞台なんですよ。軽井沢をめぐって、宝を探すんです」

「ずいぶん凝った設定なんだね」

大原さんが洸くんを見る。洸くんはちょっと照れたように、まあね、と言った。

「ほんとにありがとうございました。すごく充実した体験をさせていただいたみたいで……。なんとお礼を申しあげたらいいのか」

大原さんは少しうつむいた。

「いっしょに遊んでみようと思います。お言葉に甘えて、手紙室にもお邪魔してみます。日ごろ忙しくて、洸とこういう時間を取るのもむずかしくて……。本来親がするべきことなのに。ほんとうに感謝してます」

そこまで言って、少し涙ぐむ。その様子を見ているとこちらもこみあげてくるものがあった。仕事の場では強い女性に見えたけれど、やはりいろいろ抱えているものがあるのだろう。なんとかこらえながら、とんでもないことです、と答えた。

8

その後はチェックインのお客さまが続々とやってきて、受付業務に追われた。外のアクティビティを終えた旬平くんもフロントにはいり、ばたばたと時間がすぎる。

五時半を過ぎると、ようやく少し手が空いた。お客さまの対応をしている旬平くんの横顔を見ながら、そういえば旬平くんから苅部さんの過去の話を訊かれてたんだっけ、と思い出した。

――母のことはあまり覚えてない。イギリス人だったんだ。父は日本人。おじさんは母親似らしくて、父といても親子だと思われないことも多かったんだよね。父自身もよく、お前はほんとに俺の子なのか、って言ってたくらいで。

さっきの苅部さんの話を思い出す。お父さんは日本人でお母さんはイギリス人というのも、苅部さんが小さいころにお母さんが出て行って、お父さんに育てられたということも、みんなはじめて聞く話だった。

――父はいろいろな場所に行く仕事だったから、自分もよく父に連れられて仕事先に行ってたんだ。父は仕事をしているあいだ、僕のことは放ったらかしでね。宿でいくら待ってても帰ってこなくて、そのまま寝ちゃったり。で、朝起きるとベッドに酔っ払った父が寝てる、みたいな……。

いろいろな場所に行く仕事……。お父さんの仕事はなんだったんだろう。宿で待っていたという話だったから、泊まりがけで遠くまで行っていたってことだよね。

ああ、そういえば牧田さんが、苅部さんは子どものころ銀河ホテルに何度か泊まったことがあるって言ってたっけ。つまり、銀河ホテルに泊まっていたのも家族旅行じゃなくて、お父さんの仕事についてきたってことなのかな。

だけど……。そのお父さんはいまどうしているんだろう。苅部さんはずっとホテルにいるし、家に帰ったという話は聞いたことがない。本人が話さないのだから、立ち入ったことは訊かない方がいいんだろうけど。

そんなことをぼんやり考えていると、手紙室の方から苅部さんがやってきた。四時からのワークショップが終わったのだろう。

「三枝さん、さっきはありがとう。ゲーム作りっていうアイディアのおかげで助かったよ」

苅部さんが言った。

「いえ、こちらこそありがとうございました。ゲーム作り、すごく楽しかったです」

わたしは答えた。

ワークショップを受けたのは洸くんだが、わたしもいっしょにいろいろ考えることができた。颯太のことも……。楽しかっただけじゃない、深く考える時間をもらえた。むかし、自分の仕事のことで悩んでワークショップを受けたときと同じように。

「あれからふたりで残りのカードを作ったんです。文字をざっと書いただけですけど、とりあえずすべて完成しました。あとで大原さんが迎えに来られて、洸くん、お母さんにちゃんとゲームの話をして、いっしょに遊ぼうって言ってましたよ」

「そうか、それはよかった」

荊部さんが微笑んだ。

「夜、手紙室に行く話もしてました。大原さんにほんとにいいんですか、って言われて、わたしもついもちろんですってお答えしちゃったんですけど、よかったですか」

「大丈夫ですよ。約束したことだし」

荊部さんがにやっと笑った。

「あのゲーム、ちゃんと遊べるのかすごく気になってるんです。遊べるように作ったつもりだけど、ルールの細かいところまで詰めたわけじゃないから」

「遊べそうに見えましたけどね。わたしも参加したいくらいです」

「ゲームってなんですか？」

旬平くんが横から訊いてくる。

「いや、実はね、今日小学五年生の男の子がワークショップをひとりで受けたんだ」

「あ、あのキャンセルになった枠ですか？」

「そうそう。ワインの会の講師の大原さんの息子さんで……」

荊部さんがゲームを作ることになった経緯を説明する。

「ところでさ、旬平くんは今日仕事何時まで？」

「八時までです」

「そうか、よかった」

苅部さんがうれしそうに微笑み、旬平くんは少し不安そうな顔になった。

「じゃあさ、九時半に手紙室に来られる？」

「えー、行けますけど、なんで……」

旬平くんがちょっとあとずさった。

「そのゲームで遊ぶことになってるんだよ。洸くんと、洸くんのお母さんと、僕と。けど、多い方がいいかな、と思って」

「つまり、僕もってことですか？」

旬平くんの言葉に、苅部さんがにっこり笑ってうなずいた。

「まあ、いいですよ。一度家に戻って夕食をとってから、手紙室に行きます」

旬平くんが笑いながら答えた。

「よかった〜。じゃあ、よろしくな。そろそろ戻らないと。六時からのお客さまが来るから」

苅部さんは手を振ると、急いで手紙室に戻っていった。

「まったくなあ、苅部さんに頼まれると、なんか断れないんですよね」

旬平くんが困ったように笑う。

「そうだよね。なんていっても、守り神だから」

わたしも笑った。

「でも、ゲームはけっこうおもしろいと思うよ。わたしもいっしょに作ったから、遊べないのがすごく残念で。だから、あとで感想を教えてね」

「わかりました。僕、ゲームは全般的に苦手なんですけど……。がんばってみます」

旬平くんは頼りない口調でそう言った。


退勤時間の六時になり、急いで着替えて車に向かう。移動しているあいだに、カバンのなかのスマホから何度かメッセージの着信音がした。

車に乗って、スマホを見る。メッセージは颯太からだった。

――母さん、ごめん。父さんと姉さんから、母さんが心配してたって聞いた。

――うまく言えないけど、父さんが帰ってくるし、いろいろ決めないといけないと思ったら、頭が混乱しちゃって。

――大事なものがいろいろあって、どうしたらいいかわからなくなっちゃったんだ。だけど、さっき父さんに、ゆっくり考えればいいから、って言われて、ちょっと落ち着いた。

——父さんと姉さんといっしょに夕飯作ったよ。前にキャンプでみんなで作った豚汁にした。母さんが帰ってきたら魚を焼こうって、父さんが言ってた。

四通の細切れのメッセージと、鍋のなかの豚汁の写真が画面に表示されている。

そうか、と思った。

そうだよ、ゆっくり考えればいい。正解なんてないんだから。

——大丈夫だよ、ゆっくり考えよう。夕食もありがとう。いま仕事が終わって、車に乗ったところ。あと少しで帰れるよ。

そう打ちこんで、送信する。

すぐに、OKのリアクションがついた。

そう言えば、あのゲームはどこにいったのかな。スキーのときに作ったゲーム。結局作りかけで終わっちゃったし、遊んでもいない。今日手紙室で作った「軽井沢黄金伝説」ほど本気の作りじゃなかったけど、みんなで見てみたい気がする。

絶対捨ててはいない。家のどこかにあるはず。今日帰ったら捜してみよう。

スマホをカバンにしまい、エンジンをかけた。

この作品は、集英社文庫のために書き下ろされました。

本文デザイン／アルビレオ

集英社文庫
ほしおさなえの本

銀河ホテルの居候
また虹がかかる日に

銀河ホテルには「手紙室」という一風変わった部屋がある。色とりどりのインクに囲まれて、思い思いの言葉を紡ぐ時間——自分の人生と向き合う感動作。

集英社文庫　目録（日本文学）

- 保坂展人　いじめの光景
- 保坂祐希　ビギナーズ・ライブ！
- ほしおさなえ　銀河ホテルの居候　また虹がかかる日に
- 銀河ホテルの居候　光り続ける灯台のように
- 星野智幸　ファンタジスタ
- 星野博美　島へ免許を取りに行く
- 干場義雅　世界のビジネスエリートは知っている　お洒落の本質
- 干場義雅　色気力
- 細谷正充・編　時代小説傑作選　江戸の爆笑力
- 細谷正充　宮本武蔵の『五輪書』が面白いほどわかる本
- 細谷正充・編　時代小説アンソロジー　くノ一、百華
- 細谷正充・編　野辺に朽ちぬとも　吉田松陰と松下村塾の男たち
- 細谷正充・編　新選組傑作選　誠の旗がゆく
- 細谷正充・編　時代小説傑作選　土方歳三がゆく
- 堀田善衛　若き日の詩人たちの肖像（上・下）
- 堀田善衛　めぐりあいし人びと
- 堀田善衛　ミシェル城館の人　第一部　争乱の時代
- 堀田善衛　ミシェル城館の人　第二部　自然　理性　運命
- 堀田善衛　ミシェル城館の人　第三部　精神の祝祭
- 堀田善衛　ラ・ロシュフーコー公爵傳説
- 堀田善衛　上海にて
- 堀田善衛　ゴヤ　Ⅰ　スペイン・光と影
- 堀田善衛　ゴヤ　Ⅱ　マドリード・砂漠と緑
- 堀田善衛　ゴヤ　Ⅲ　巨人の影に
- 堀田善衛　ゴヤ　Ⅳ　運命・黒い絵
- 穂村弘　本当はちがうんだ日記
- 堀辰雄　風立ちぬ
- 堀江貴文　徹底抗戦
- 堀江敏幸　なずな
- 本城雅人　医療Gメン氷見亜佐子　ペイシェントの刻印
- 本上まなみ　めがね日和
- 本多孝好　MOMENT
- 本多孝好　正義のミカタ　I'm a loser
- 本多孝好　WILL
- 本多孝好　MEMORY
- 本多孝好　ストレイヤーズ・クロニクル　ACT－1
- 本多孝好　ストレイヤーズ・クロニクル　ACT－2
- 本多孝好　ストレイヤーズ・クロニクル　ACT－3
- 本多孝好　Good old boys
- 本多孝好　アフター・サイレンス
- 誉田哲也　あなたが愛した記憶
- 誉田哲也　フェイクフィクション
- 本多有香　犬と、走る
- 本間洋平　家族ゲーム
- 前川奈緒　深谷かほる・原作　ハガネの女
- 槇村さとる　イマジン・ノート
- 槇村さとる　キム・ミョンガン　あなた、今、幸せ？
- 槇村さとる　ふたり歩きの設計図

集英社文庫　目録（日本文学）

- 万城目学　ザ・万遊記
- 万城目学　偉大なる、しゅららぼん
- 増島拓哉　闇夜の底で踊れ
- 増島拓哉　トラッシュ
- 益田ミリ　言えないコトバ
- 益田ミリ　夜空の下で
- 益田ミリ　泣き虫チエ子さん 愛情編
- 益田ミリ　泣き虫チエ子さん 旅情編
- 益田ミリ　かわいい見聞録
- 枡野浩一　ショートソング
- 枡野浩一　石川くん
- 枡野浩一　淋しいのはお前だけじゃな
- 枡野浩一　僕は運動おんち
- 増山実　波の上のキネマ
- 又吉直樹 堀本裕樹　芸人と俳人
- 町屋良平　坂下あたると、しじょうの宇宙
- 町山智浩　アメリカは今日もステロイドを打つ USAスポーツ狂騒曲
- 町山智浩　トラウマ映画館
- 町山智浩　トラウマ恋愛映画入門
- 町山智浩　最も危険なアメリカ映画
- 松井今朝子　非道、行ずべからず
- 松井今朝子　家、家にあらず
- 松井今朝子　道絶えずば、また
- 松井今朝子　壺中の回廊
- 松井今朝子　師父の遺言
- 松井今朝子　芙蓉の干城
- 松井今朝子　歌舞伎の中の日本
- 松井玲奈　カモフラージュ
- 松井玲奈　累々
- 松浦晋也　母さん、ごめん。 50代独身男の介護奮闘記
- 松浦弥太郎　本業失格
- 松浦弥太郎　くちぶえサンドイッチ 松浦弥太郎随筆集
- 松浦弥太郎　最低で最高の本屋
- 松浦弥太郎　場所はいつも旅先だった
- 松浦弥太郎　いつもの毎日。 衣食住と仕事
- 松浦弥太郎　日々の100
- 松浦弥太郎　松浦弥太郎の新しいお金術
- 松浦弥太郎　続・日々の100
- 松浦弥太郎　おいしいおにぎりが作れるならば。 「暮しの手帖」での日々を綴ったエッセイ集
- 松浦弥太郎　「自分らしさ」はいらない くらしと仕事、成功のレッスン
- 松岡修造　テニスの王子様勝利学
- 松岡修造　教えて、修造先生！ 心が軽くなる87のことば
- フレディ松川　老後の大盲点
- フレディ松川　ここまでわかった ボケる人ボケない人
- フレディ松川　好きなものを食べて長生きできる 長寿の新栄養学
- フレディ松川　60歳でボケる人 80歳でボケない人
- フレディ松川　はっきり見えたボケの入口ボケの出口
- フレディ松川　わが子の才能を伸ばす親つぶす親

集英社文庫　目録（日本文学）

フレディ松川　不安を晴らす3つの処方箋 認知症外来の午後
松樹剛史　ジョッキー
松樹剛史　スポーツドクター
松樹剛史　GO-ONE
松樹剛史　エアエイジ
松澤くれは　りさ子のガチ恋♡俳優沼
松澤くれは　鴎外パイセン非リア文豪記
松澤くれは　想いが幕を下ろすまで 胡桃沢狐珀の浄演
松澤くれは　暗転するから煌めいて 胡桃沢狐珀の浄演
松澤くれは　転売ヤー殺人事件
松嶋智左　流《る》警《けい》 傘見警部交番事件ファイル
松嶋智左　流《る》警《けい》 新生美術館ジャック
松田青子　自分で名付ける
松田志乃ぶ　嘘つきは姫君のはじまり
松永多佳倫　沖縄を変えた男 栽弘義——高校野球に捧げた生涯
松永多佳倫　偏差値70からの甲子園 僕たちは野球も学業も頂点を目指す

松永多佳倫　偏差値70の甲子園 僕たちは文武両道で東大も目指す
松永多佳倫　まかちょーけ 興南 甲子園春夏連覇のその後
松永天馬　少女か小説か
松本侑子　花の寝床
モンゴメリ 松本侑子・訳　赤毛のアン
モンゴメリ 松本侑子・訳　アンの青春
モンゴメリ 松本侑子・訳　アンの愛情
丸谷才一　星のあひびき
丸谷才一　別れの挨拶
麻耶雄嵩　メルカトルと美袋《みなぎ》のための殺人
麻耶雄嵩　貴族探偵
麻耶雄嵩　あいにくの雨で
麻耶雄嵩　貴族探偵対女探偵
眉村卓　僕と妻の1778話
まんしゅうきつこ　まんしゅう家の憂鬱
三浦綾子　裁きの家

三浦綾子　残像
三浦綾子　石の森
三浦綾子　ちいろば先生物語(上)(下)
三浦綾子　明日のあなたへ 愛するとは許すこと
みうらじゅん　とんまつりJAPAN 日本全国とんまな祭りガイド
みうらじゅん 宮藤官九郎　どうして人はキスをしたくなるんだろう?
みうらじゅん 宮藤官九郎　みうらじゅんと宮藤官九郎の世界全体会議
三浦しをん　光
三浦しをん　のっけから失礼します
三浦英之　五色の虹 満州建国大学卒業生たちの戦後
三浦英之　南三陸日記
三浦英之　水が消えた大河で ルポJR東日本・信濃川不正取水事件
三浦英之　帰れない村 福島県浪江町「DASH村」の10年
三浦英之　白い土地 ルポ 福島「帰還困難区域」とその周辺
三浦英之　災害特派員 その後の「南三陸日記」
三木卓　柴笛と地図

集英社文庫　目録（日本文学）

三崎亜記　となり町戦争
三崎亜記　バスジャック
三崎亜記　失われた町
三崎亜記　鼓笛隊の襲来
三崎亜記　廃墟建築士
三崎亜記　逆回りのお散歩
三崎亜記　手のひらの幻獣
三崎亜記　名もなき本棚
水上勉　故郷
水上勉　働くことと生きること
水谷竹秀　日本を捨てた男たち　フィリピンに生きる「困窮邦人」
水谷竹秀　だから、居場所が欲しかった。　バンコク、コールセンターで働く日本人
水野宗徳　さよなら、アルマ　戦場に送られた犬の物語
未須本有生　ファースト・エンジン
水森サトリ　でかい月だな
三田誠広　いちご同盟

三田誠広　春のソナタ
三田誠広　永遠の放課後
道尾秀介　光媒の花
道尾秀介　鏡の花
道尾秀介　N
三津田信三　怪談のテープ起こし
美奈川護　ギンカムロ
美奈川護　弾丸スタントヒーローズ
美奈川護　はしたかの鈴　法師陰陽師異聞
湊かなえ　白ゆき姫殺人事件
湊かなえ　ユートピア
湊かなえ　カケラ
湊かなえ　ダイヤモンドの原石たちへ　湊かなえ作家15周年記念本
宮内勝典　ぼくは始祖鳥になりたい
宮内悠介　黄色い夜
宮尾登美子　影絵

宮尾登美子　朱夏（上）（下）
宮尾登美子　天涯の花
宮尾登美子　岩伍覚え書
宮木あや子　雨の塔
宮木あや子　太陽の庭
宮木あや子　喉の奥なら傷ついてもばれない
宮城公博　外道クライマー
宮城谷昌光　青雲はるかに（上）（下）
宮子あずさ　看護婦だからできること
宮子あずさ　看護婦だからできることII
宮子あずさ　老親《ろうしん》の看《み》かた、私の老い方
宮子あずさ　ナースな言葉　こっそり教える看護の極意
宮子あずさ　ナース主義！
宮子あずさ　卵の腕まくり　看護婦だからできることIII
宮沢賢治　銀河鉄道の夜
宮沢賢治　注文の多い料理店

集英社文庫　目録（日本文学）

宮下奈都	太陽のパスタ、豆のスープ
宮下奈都	窓の向こうのガーシュウィン
宮田珠己	ジェットコースターにもほどがある
宮田珠己	だいたい四国八十八ヶ所
宮部みゆき	地下街の雨
宮部みゆき	R. P. G.
宮部みゆき	ここはボツコニアン 1
宮部みゆき	ここはボツコニアン 2 魔王がいた街
宮部みゆき	ここはボツコニアン 3 二軍三国志
宮部みゆき	ここはボツコニアン 4 ほらホラHorrorの村
宮部みゆき	ここはボツコニアン 5 FINAL ためらいの迷宮
宮本輝	焚火の終わり(上)(下)
宮本輝	海岸列車(上)(下)
宮本輝	水のかたち(上)(下)
宮本輝	いのちの姿　完全版
宮本輝	田園発　港行き自転車(上)(下)
宮本輝	草花たちの静かな誓い
宮本輝	ひとたびはポプラに臥《ふ》す 1〜3
宮本輝	灯台からの響き
宮本輝 吉本ばなな	人生の道しるべ
宮本昌孝	藩校早春賦
宮本昌孝	夏雲あがれ(上)(下)
宮本昌孝	みならい忍法帖　入門篇
宮本昌孝	みならい忍法帖　応用篇
深志美由紀	怖い話を集めたら 連鎖怪談
三好昌子	朱花の恋　易学者・新井白蛾奇譚
三好徹	興亡三国志一〜五
三好徹	戦士の賦 土方歳三の生と死(上)(下)
美輪明宏	乙女の教室
武者小路実篤	友情・初恋
村上通哉	うつくしい人　東山魁夷
村上龍	テニスボーイの憂鬱(上)(下)
村上龍	ニューヨーク・シティ・マラソン
村上龍	ラッフルズホテル
村上龍	すべての男は消耗品である
村上龍	龍言飛語
村上龍	エクスタシー
村上龍	昭和歌謡大全集
村上龍	KYOKO
村上龍	はじめての夜　二度目の夜 最後の夜
村上龍	メランコリア
村上龍 中田英寿	文体とパスの精度
村上龍	タナトス
村上龍	2days 4girls
村上龍	69 sixty nine
村田沙耶香	ハコブネ
村山斉	宇宙はなぜこんなにうまくできているのか
村山由佳	天使の卵　エンジェルス・エッグ

集英社文庫　目録（日本文学）

村山由佳　もう一度デジャ・ヴ
村山由佳　野生の風
村山由佳　きみのためにできること
村山由佳　キスまでの距離　おいしいコーヒーのいれ方Ⅰ
村山由佳　青のフェルマータ
村山由佳　僕らの夏　おいしいコーヒーのいれ方Ⅱ
村山由佳　彼女の朝　おいしいコーヒーのいれ方Ⅲ
村山由佳　翼 cry for the moon
村山由佳　雪の降る音　おいしいコーヒーのいれ方Ⅳ
村山由佳　緑の午後　おいしいコーヒーのいれ方Ⅴ
村山由佳　遠い背中　おいしいコーヒーのいれ方Ⅵ
村山由佳　夜明けまで1《ワン》マイル　somebody loves you
村山由佳　坂の途中　おいしいコーヒーのいれ方Ⅶ
村山由佳　優しい秘密　おいしいコーヒーのいれ方Ⅷ
村山由佳　聞きたい言葉　おいしいコーヒーのいれ方Ⅸ
村山由佳　天使の梯子
村山由佳　夢のあとさき　おいしいコーヒーのいれ方Ⅹ
村山由佳　ヘヴンリー・ブルー
村山由佳　蜂蜜色の瞳　おいしいコーヒーのいれ方 Second Season Ⅰ
村山由佳　明日の約束　おいしいコーヒーのいれ方 Second Season Ⅱ
村山由佳　約束　―村山由佳の絵のない絵本―
村山由佳　消せない告白　おいしいコーヒーのいれ方 Second Season Ⅲ
村山由佳　凍える月　おいしいコーヒーのいれ方 Second Season Ⅳ
村山由佳　雲の果て　おいしいコーヒーのいれ方 Second Season Ⅴ
村山由佳　彼方の声　おいしいコーヒーのいれ方 Second Season Ⅵ
村山由佳　遥かなる水の音
村山由佳　記憶の海　おいしいコーヒーのいれ方 Second Season Ⅶ
村山由佳　地図のない旅　おいしいコーヒーのいれ方 Second Season Ⅷ
村山由佳　放蕩記
村山由佳　天使の柩
村山由佳　La Vie en Rose　ラヴィアンローズ
村山由佳　ありふれた祈り　おいしいコーヒーのいれ方 Second Season Ⅸ
村山由佳　猫がいなけりゃ息もできない
村山由佳　晴れときどき猫背　そして、もみじへ
村山由佳　てのひらの未来　おいしいコーヒーのいれ方 Second Season・アナザーストーリー
村山由佳　BAD KIDS
村山由佳　海を抱く　BAD KIDS
村山由佳　風よ　あらしよ（上）（下）
村山由佳　命とられるわけじゃない
群ようこ　トラちゃん
群ようこ　姉の結婚
群ようこ　でも女
群ようこ　働く女
群ようこ　トラブルクッキング
群ようこ　きもの365日
群ようこ　小美代姐《こみよねえ》さん花乱万丈《からんばんじょう》
群ようこ　ひとりの女
群ようこ　小美代姐さん愛縁奇縁

集英社文庫　目録（日本文学）

群ようこ　小福歳時記
群ようこ　母のはなし
群ようこ　衣もろもろ
群ようこ　衣にちにち
群ようこ　ほどほど快適生活百科
群ようこ　しない。
群ようこ　いかがなものか
群ようこ　小福ときどき災難
室井佑月　血《あか》い花《はな》
室井佑月　作家の花道
室井佑月　ああ〜ん、あんあん
室井佑月　ドラゴンフライ
室井佑月　ラブ ゴーゴー
室井佑月　ラブ ファイアー
タカコ・半沢・メロジー　もっとトマトで美食同源！
毛利志生子　風の王国
茂木健一郎　ピンチに勝てる脳
百舌涼一　生協のルイーダさん あるバイトの物語
百舌涼一　中退サークル
持地佑季子　クジラは歌をうたう
持地佑季子　七月七日のペトリコール
持地佑季子　ハッコイハッツネ
望月諒子　神の手
望月諒子　腐葉土
望月諒子　田崎教授の死を巡る 桜子准教授の考察
望月諒子　鱈目《たらめ》講師の恋と呪殺。 桜子准教授の考察
望月諒子　呪い人形
森絵都　永遠の出口
森絵都　ショート・トリップ
森絵都　屋久島ジュウソウ
森絵都　みかづき
森鷗外　舞姫
森鷗外　高瀬舟
森達也　A3《エースリー》(上)(下)
森博嗣　墜ちていく僕たち
森博嗣　工作少年の日々
森博嗣　ゾラ・一撃・さようなら Zola with a Blow and Goodbye
森博嗣　暗闇・キッス・それだけで Only the Darkness or Her Kiss
森まゆみ　寺暮らし
森まゆみ　その日暮らし
森まゆみ　旅暮らし
森まゆみ　貧楽暮らし
森まゆみ　女三人のシベリア鉄道
森まゆみ　いで湯暮らし
森まゆみ　『青鞜』の冒険 女が集まって雑誌をつくるということ
森まゆみ　彰義隊遺聞
森まゆみ　森まゆみと読む 林芙美子「放浪記」
森まゆみ　『五足の靴』をゆく 明治の修学旅行

集英社文庫

銀河《ぎんが》ホテルの居候《いそうろう》 光《ひか》り続《つづ》ける灯台《とうだい》のように

2024年11月25日　第1刷
2025年3月12日　第2刷

定価はカバーに表示してあります。

著　者　ほしおさなえ

発行者　樋口尚也

発行所　株式会社 集英社
東京都千代田区一ツ橋2-5-10　〒101-8050
電話　【編集部】03-3230-6095
【読者係】03-3230-6080
【販売部】03-3230-6393(書店専用)

印　刷　TOPPANクロレ株式会社

製　本　TOPPANクロレ株式会社

フォーマットデザイン　アリヤマデザインストア　マークデザイン　居山浩二

ISBN978-4-08-744715-6 C0193